王澄古稀集

1

詩詞卷

王鑒爲 編

大象出版社

圖書在版編目（CIP）數據

王澄古稀集 / 王鑒爲編．—鄭州 ：大象出版社，2014.11

ISBN 978-7-5347-7412-6

Ⅰ．①王… Ⅱ．①王… Ⅲ．①文藝－作品綜合集－中國－當代 Ⅳ．① I217.2

中國版本圖書館 CIP 數據核字 (2014) 第 126999 號

ISBN 978-7-5347-7412-6

9 787534 774126 >

王澄古稀集

王鑒爲 編

出版人 王劉純

責任編輯 王曉寧 石更新 李建平

責任校對 鍾驕

書籍設計 王莉娟

出版發行 大象出版社（鄭州市開元路16號，郵編450044）

發行部 0371—63863551 總編室 0371—63863572

網址 www.daxiang.cn

印刷 鄭州新海岸電腦彩色製印有限公司

開本 880×1230 1/16

總印張 63.5

版次 2014年11月第1版 2014年11月第1次印刷

定價 980.00圓（全四册）

若發現印、裝質量問題，影響閱讀，請與承印廠聯繫調換。

印廠地址：鄭州市文化路56號金國商厦7樓

郵政編碼：450002 電話：0371—63944233

王澄古稀集

王澄

生於一九四五年六月，河南省開封市人。專業書法，兼及詩文繪事。立『碑體行草書』說，并身體力行。主要出版物：《王澄書法集》《中國當代名家系列叢帖·王澄隸書行草書册》《王澄詩文書法集》《中國書法全集·康梁羅鄭卷》（主編）《中國書法全集·于右任卷》（主編）《棚下曲·王澄詩詞集》《半禪堂選集》《中國當代名家名作·王澄卷》《青燈問禮·王澄書畫集》。

序一

半禪老人品藝述評

劉煒韜

二十世紀七十年代末，一幅《鑒真遺志》在首屆全國書展上脱穎而出，開啓了他輝煌的職業生涯。然而，當一個人把功名視作杯水，世間的名譽與地位便不再重要。行年古稀，刷新他的履歷，也衹有寥寥數字：王澄，一九四五年出生……

這樣的介紹看起來太不完整，那是因爲王澄師的精神還在不斷擴而充之。他的生命境界，當然也非既往的成就可以論定。

淡泊誠明的道德守持

上世紀末一個有意無意間的機緣，爲澄師的人生打開了一個新的局面。由於看不慣愈來愈多的非藝術因素的干預，澄師主動退出了書壇。用他自己的話説，是自然地避離了那些不願爲伍的人，也自然地避離了那些不願依從的事。而我與澄師結識却是在其後的數年當中。那時的澄師已然是一位襟懷散淡、博學儒雅的長者。如果説當時的側身還有些許的無奈，那麽後來他對這一問題便看得洞達了許多。無論對於徐青藤『水冰之喻』的理解，還是對於李卓吾『童心説』的獨到體悟，都是在知行合一的基礎上對於出離心的真切省察與受用。遠離塵囂的澄師，操翰濡墨，吟詩作詞，或與三五知己手談坐隱，便成了日務。

大的智量必然會有大的品行。在人生的出處當中，『但求』無愧，還是一種有求的妥協。能做到回顧往昔『坦然』無愧，幾人敢於承當？但我相信澄師當之無愧，每個接近澄師的人都可以感受得到他身上那種磊落與坦蕩。老子説天道無親，常與善人。天没有私情去親近某個人，衹有那些聖人賢者，他們不循私智而能敞開懷抱與萬物通流，自然也容易與天道相應。不遇盤錯，不别利器。如果没有當初的抽身而出，不知澄師還能否如今天這樣體驗道的全機大用？

澄師對於生活質量并不太看重。一杯泡淡的老茶，一頭蕭散的白髮，衣不過蔽體，食不過果腹，除了詩文書畫，生活中也衹有那一枰經緯分明的圍棋不會被冷落。在藝術市場正熱的時候，他却主動退出書壇，僻居養性，抱道孤往，而這一來便是十數春秋。

《陰符經》講：『宇宙在乎手，萬化生乎身。』十多年來，澄師養晦韜光，更注重培鑄心源氣象。

無論『知進退，守方圓』，還是『守道莫如三尺度』，一個守字，又體現出澄師對於人格的自律。如果説『坦然』來自於那個不思而得、不勉而中的本心，那麼『守』，則體現出其對於道的敬畏和對於德行的檢束。二者并無矛盾，實是覺和行的兩段功夫。聖人所講的『隨心所欲』不是輕易能達到的境界。知禮守節，存敬恕之道，纔是實地的修爲。澄師嘗引徐青藤『水冰之喻』自警：『人身具諸佛性，闢如海水；結諸業習，闢如海冰。當其水時，一水而已，安得有冰？及其冰時，雖則成冰，水性不滅。』水凝爲冰，縱然水性不改，猶然要提防塵務對於本心的汩没、業習對於覺性的凍結。可見澄師常於性分品行檢防提撕，以爲守道之要務。澄師説：『本心定則人格定，便能做到於名於利淡然處之，於善於惡澄心觀之；本心定則藝品定，便能做到於技於道一以貫之，於情於理神明爲之。有此定力，何愁不能修得正果。』在這個時代，真心不因物利而鬆動，言之者無多，行之者更少。而澄師懷素抱樸，不攖時務，儼然把車馬輻輳的朝市當成了大澤深山。

澄師在對隔離性智慧的闡發中提及誠明之道。盡性則得以窮理，窮理亦可以盡性，所謂誠則明矣，明則誠矣。徵其本人之品學礪行，又何嘗不是本着誠明兩進的途徑。

誠者與物相通。孟子説：『萬物皆備於我矣，反身而誠，樂莫大焉。』澄師詩文當中多見物化之境，大率與誠明境界相通。如《南鄉子》：『北海浪摶塵，化鳥南溟豈效顰。回夢忽聽歌一曲，尤純。瀟灑超然世外人。』如《八聲甘州》：『三省真如幻境，思幾曾化蝶，換作莊周。顧忘同物我，塵世待從頭。』如《粉蝶兒》：『化蝶乎、換個自由瀟灑。』澄師在《莊周夢蝶隨想》一文中則説：『石濤曾言：山川與予神遇而迹化，此化解夢蝶之語也。……所謂乘物以游心、游心於無窮，畫家一旦與萬物合化，筆下必入自然。』澄師非常推崇莊子『法天貴真』的思想，他還參照《莊子·漁父》中的語法邏輯來延伸論畫：『强墨者雖黑不潤，强色者雖艷不彩，强形者雖精不神。真墨不發而潤，真色不設而彩，真形不工而神。』這正是他信奉的非精誠不能動人的藝術之大美。

澄師近幾年的書法空透了，詩也空透了。我進而想到了楊萬里的詩，一派天機化裁。楊萬里誠齋其號，殊可玩味；而澄師近來的詩作，也頗有同趣。這些詩作已非兀坐書齋的空搜冥想，而是與物通流的澄觀默照；是心與物化、神動和天倪的磅礴境界；這不獨是一個學人自性的明覺，同時也示見一種天人合德的文化境界的回歸。

澄師戲言自己想『返老還童』：『總覺得還有很多事要做，却是來日無多了，這是自然規律，祇有順應。而在這有限的時日中，若能把我的童心再提純些，此生會少些遺憾，童心即真心、本心啊！』這段話裏有些許惋傷，但絕非消沉；看似調侃，却認真嚴肅。

縱觀澄師的洋洋文字，對於真的推尚屢見不鮮，其中也不止一次引用了『童心說』。『童心說』是李卓吾學術的重要命題。他說：『夫童心者，絕假純真，最初一念之本心也。

若失却童心，便失却真心；失却真心，便失却真人。人而非真，全不復有初矣。』

李卓吾對『童心説』的論證本身是合理的，但他援『童心説』來挑戰道統，却反映了王學左派的偏激立場。卓吾還説：『六經、《語》、《孟》，乃道學之口實，假人之淵藪也，斷斷乎其不可以語於童心之言明矣。』理學之奥衍也早埋下了被後世誤讀的厄運。理學一旦被體制利用當作扶助綱常的神器，便摇身一變成爲理教，并將理學原有的天人合一的本體訴求一掃而空，轉化爲一種他律性的社會倫理。這種社會倫理纔是最終的人性桎梏。比如宋理學中的天理、人欲之辨，至今昧而不明。飲食男女是天道生生之理的體現，天理何曾排除飲食男女之欲？違背天理而徇一己之私纔是朱熹所要滅的人欲。看看今天中國的食品恐慌、誠信危機，看看那些『門』事件、那些戕害兒童的慘例，人欲横流，天理何在？我們這個時代倒是應該重提存天理、滅人欲了。

晚明的這股思潮針對的是理教對於人性的束縛，却將被自身誤讀的道統當成了攻擊的目標，進而推倒一切權威。不單殃及宋代理學，甚而殃及先秦儒學在後世的正統地位。對於人性中私欲的崇尚是王學左派如卓吾一脉學術的重要驅動力。李卓吾的『童心說』自然也包含了個體欲望解禁的吶喊。

行文至此，筆者想要澄清一個問題：澄師所說的童心乃取義於卓吾合乎義理的概念表述，而絕然非卓吾臟腑内安的那顆童心。澄師文中曾引證卓吾『童心』之概念，之後接着便說：『爲人處世，真是基本，修爲出離更不可失却本真，如若失去，自會生出無限煩惱，而所作所爲更會陷入無限迷惘。』一個是出於對欲念的出離，一個是出於對私欲的庇護，可見此童心非彼童心了。

氣象嚴嚴的學人風範

率其素履，獨行所願，澄師身上還具有當代學人少見的嚴嚴氣象。『高著眼覷破流俗，拔此一種异人奇行，爲萬物山川吐氣耳。』孫奇逢這句話，倒適合評價澄師。

孔子說：『禮云禮云，玉帛云乎哉？樂云樂云，鐘鼓云乎哉？』而學問云云，架床叠屋云乎哉？

天地有易簡之理，在人即謂之性，窮心盡性也就是發現良知之學。學人如能發現良知，自然明白天地一體之仁；明白民吾同胞，物吾與也；明白學問貫通之處，油然而發的對於時代、對於社會的大關懷。到了這個層面，內聖便是外王，外王無异內聖。

『我是中國人，此聲發自心底深處。我知道不能數典忘祖，也知道無國便無家，還知道兒不嫌娘丑。我爲祖國的日益强大而自豪，并深深地爲祖國祝福！』王澄師對於家國民族的拳拳熱忱正是其學人良知的真誠表露。澄師對於時局的關心乃是自年輕時代就有的一貫思想。親人睽隔，尤增深了澄師對於兩岸和平統一的願望。對强權勢力的憎惡、對軍國主義的憤慨，對崇洋媚外的藐視、對腐敗官僚的痛斥，他的思想没有封鎖在故紙堆間，而是有着非常濃厚的家國民族意識。若不是像張載一樣民胞物與的本懷，焉能有如此發自肺腑的民族血性？世間有正義，也有邪惡，如果我們『大』其心以至於是非不分，也許就是良知的麻木。澄師素不苟從於鄉願，他有明辨是非的做人原則和處事標準。

道德規範本身或許也是道德失範的重要因素。人們已經習慣循着他律性的道德標準指導行爲，良知久蔽不用，以致麻木。在物欲横流的時代，如果没有良知作爲内驅，那些道德標準幾錢可值？况且，在很多人看來，學會仰人鼻息，投機巧營，人情世務，處處圓融纔是處世之道。但我想，這恰是中國奴性人格繁衍的温床。古人莊敬自持，不隨物俯仰的人格尊嚴早被我們時代捐弃。苟有如此之人，又常被看作是不近人情。嚮日裏謙和的澄師，在是非原則面前却總是一身的犟勁。作爲一個良知獨露的學人書家，澄師有其排衆獨行的才情和膽識。他絶不會放弃自我的藝術人格，屈從體制或附和某些潮流，陪那些跟風文人御『風』而行。

君子不重則不威。文學藝術是人格的外化，同樣也要有正大堂皇的氣象。《林泉高致》中記述了當年郭熙作畫時『如見大賓』的態度，這是對宇宙自然的敬畏，同樣也是對於藝術本身的敬畏。這種敬畏恰能破除對於自我習氣的堅執，從而體現出一種大人先生的品格。澄師論書也不尚玩忽，同樣體現了澄師對於藝術的信仰與敬事。他認爲『無意於佳乃佳』

乃是强調書寫過程不必謹小慎微，而背後則須有『池水盡墨』『退筆如冢』之功夫。澄師本人的書法，也經歷過『廢紙三千體未成』的漫長而艱辛的探索時期，他的隸書簡古疏放，深具廟堂之氣，也就是一種極好的體現。生死剛正謂之骨，迹畫不敗謂之氣。澄師的山水石骨錚錚，即便是起先學黄賓虹的一路也是高峻深雄，而不是一般文人畫的渲淡簡遠，這也像他正直不阿的人格。而澄師之詩文就更是明顯地發攄本懷，一首《滿江紅》可見一斑矣：『霧鎖東洋，傾惡浪、狂風未歇。重逼我，血磨刀筆，抗争義烈。嗟嘆琉球麾暗日，安容釣島塵遮月。莫忘了、事變柳條湖，徒哀切。　民族耻，何日雪。家國恨，誰來滅。看而今疆土，竟還殘缺。今不剮劚東賊骨，豈能安撫先驅血。振雄師，平定小倭奴，明神闕。』

文化自身就是一個生命體，也有其旺相休囚的生命律動。古人所講的文運、世運，恐怕非徒人力所能斡轉。一個文化巨子的誕生、一種文化現象的形成，與其説是人選擇了歷史，毋寧説是歷史選擇了人。所謂時來天地皆同力，運去英雄不自由。人們往往用普通的歷史發展觀看待一切文化現象的産生，認爲文學藝術現象的發生俱非偶然，總是有一個漸進的過程，都有着前人的鋪墊，是群體力量的結果。也許這種科學史觀過分肯定了人的力量，而不知世運使然，天地風會所在。一個人的成就，除了其自身的努力，也應稟受了那個時代的靈氣。當其時運既去，固非一二子能轉移風會，也祇好作『但恨殊世，邈不可追』的感慨了。

而一個文化人在某段歷史時空中的定位，於其自身更難把握。如若勉强爲自己定位，或希圖自己的存在在這個時代得到某種價值肯定，都是私智的表現。孫奇逢説：『大抵學問一事，祇是求慊此心。僕謂天地生機原無澌滅之日，聖人復起，教化大行，亦不過因人心而開痼弊，豈能增所本無哉？』胸量放大的人，自然會以德行與天道配位，這個位值很難以私意相測度，亦不可以私情相高下。澄師以其品學道藝不斷實現着自我對於時代的價值，却不曾思考時代會以怎樣的定位加諸其身。無處無服，爲而不恃，這纔是真正意義上的正位居體之學。親近澄師，感受到的是一種没有涯際、没有溪畔的化境，如心經『無眼界，乃至無意識界』的覺地。

精微廣大的學理系統

如果歷史具有品格，又何嘗不是在世運剥復間的剛柔迭用？歷史的運會總是影響着文化的運會，體現在書史上便是碑與帖的雄雌博弈。明清之季，文人風氣日趨孱弱。帖學系統歷經千餘年的陶冶早已爛熟，對於既往書學的叛逆與解構形成了滿弓待發之勢。晚明是一個重新審視經典的時代，在文化藝術各個領域，都表現出對傳統形態的批判和反思，但當時人們却無法脱離經典化的叙事方式。在書法領域，當清代碑學興起，文人找到了新的機緣，使他們敢於與程式化的經典叙事相决裂，并在很短時間形成了一股尊碑抑帖的洪流。尤其是晚清、民國時期康有爲、趙之謙、曾熙、李瑞清、于右任等碑學大家的涌現，被長久掣制的張力一下子釋放出來，於是千百年來對於某種心理範式的崇尚與依賴，被一種新的視覺圖式的張揚所取代，時代又喚回了漢唐之世剛大渾樸的氣象。而此後的一段時期，猶如箭初脱手的瞬間，則是回擺不定的空弦獨舞。文化，盡管看起來折戟沉沙般的肅殺，但也算不上是黄茅白葦，且還有一種把捉不定的美學悄然滋生，而透過這種把捉不定的美學，恰恰可以諦觀澄師的履學踐藝。

碑體行草書的提出，也正是基於這一背景。

二十幾年前澄師提出『魏體行書』一説，之後又提出『碑體草書』『碑體行書』，使這一理論不斷得以完善。碑體行草書是澄師對一個歷史時期書法現象的歸納性定義，也是其自身所踐行的書寫理念，在今天及以後更有不斷被提起的價值和意義。晚清民國，善碑者其行草也往往帶有碑意，但有意於碑體行草書的研求者則以趙之謙、康有爲、于右任爲巨，祇不過在當時尚未形成概念。可以説，碑體行草書産生是在帖學與碑學相繼發展到一定程度之後自然而然的現象，這一理論對書學現象予以概念上的澄清，并不存在建構新流派的意圖，與當下各潮流、主義大不相同。晚清民國的碑學繞不開三位大家，而對於碑學三大家的研究，自然也繞不開澄師。尤其在《中國書法全集·于右任卷》中對右老的評述，更明確了于氏在書史中的里程碑性意義，該文也成了于右任研究的權威之作。澄師不但對三位大家都有着深入的研究，而且沉潛三家書法亦有多年，涵濡頗多。澄師對於書史的勾勒是明晰而準確的。然而，從魏體行書提出至今二十餘年來，碑體行草的理念并没有受到應有的重視和推廣。也許，人們從時下的書風中看到了一種新的景象，那就是碑帖融合。其實當下的碑帖融合與澄師所提的碑體行草書有着本質上的區分，當代書風更注重點頓刻削之形，而碑體行草書更强調在深厚碑學功底之下的自然施用。應該説，碑體行草在于右任以後相對冷落，當代也不過以澄師爲代表的數家，因此很難稱作一種現象。當然，它要形成一個時代的現象需要不同的機緣，却也爲之後的重提帶來了契機。但無論在當前還是以後，碑體行草書法的書寫理念則值得每一位書家思考。

不能忽略，在澄師的書學理論中，對於書法本體的强調和對於書法變革的肯定也是一個相反相成而又臻乎完善的體系。

澄師提出了『能動性視覺平衡』和『經驗性視覺平衡』概念，來定義因創作者和觀賞者不同的審美經驗和視覺記憶而形成的對同一件作品的不同視覺心理轉换和視覺平衡感受。

衹有通過不斷地修正審美經驗和豐富視覺記憶，纔能突破識見之卑狹，纔能『在更爲廣闊的領域裏欣賞、理解更多的形式特徵和藝術表現』，纔能真正領會探索性書法的意義，『在歪斜中體味到意趣，在反差中感受到和諧，在錯位中轉換出平衡』。澄師對於民間書風、流行書風、現代派書風的由衷贊嘆和對其探索精神之欽佩，可謂溢於言表，形諸文字。但他并不是没有原則地贊賞，在他看來，一切以書法爲名義的探索均不能逾越書法本體之底綫。澄師將此底綫概括爲兩句話：一、創作行爲爲書寫。脱離了書寫性，文字衹是一種語言符號，而不能稱其爲書法。二、表現對象爲漢字。也就是説，書法不能脱離『書寫漢字』這一基本原則，它必須是『有書法意義的字，賦予了中國藝術精神的字，能够體現宇宙萬物、具有生命形態的字』。

澄師對於書法本體的限定看起來比較寬泛，實又極爲嚴格。試看當代的書法落款，基本是右録唐詩，左采宋詞。像澄師以個人詩文爲主體的書法創作已屬鳳毛麟角。隨着漢字信息數字化的發展，當文字的意義被抽空以後，書法會受到什麽樣的影響？或者可以稱作書寫性藝術，但絶不可以再稱書法了。因爲書法的本體已經決定了書法自身的概念和行爲規則。

除了進行職業領域的書法研究，澄師還有着大的傳統視野和大的時代思考。他説：『時代選擇與歷史觀照，是一個問題的兩個方面。時代選擇既是自然存在，又決定於主觀意識。我們生活在這個時代，一切與其息息相關，審美習慣應該屬於這個時代，但客觀看，却有着超前、滯後和同步的差异。……正確的時代選擇又取決於全方位的歷史觀照，割裂歷史、忽視傳統的選擇無异於無源之水、無本之木。』

然而，中國傳統文化在近世的斷層却是令人痛切。

王夫之在其《周易内傳》中講到『大以持久，久以成大』。我以爲此二句可通於中國的學術。中國學術博大雄深，數千載綿延不絶，却因非常之歷史、非常之因素淪於浩劫。新文化運動到『文革』十年，中國的文化運動是在『欲練神功，必先自宫』式的話語下展開的，以閹割民族文化爲代價來换取國家的一時强大，致使中國的文化生態遭遇滅頂之灾。

今天，多少炎黄子孫的血脉中流淌着可口可樂，多少中國人還在美國夢中沉浮。有句話説：『崖山之後無中國，明亡之後無華夏，滿清之後無漢族，「文革」之後無信仰，改革之後無道德。』對錯勿論，我想每個具有民族自尊的人讀起之後都會義憤填膺，但它就没有國人需要反省的價值嗎？

十八大『民族復興中國夢』的提出，讓國人倍感欣慰。但是，單純的經濟發展、國力强盛就能説明一個民族的復興嗎？這個國家也許更需要她的人民重新正確地建立起對本民族輝煌歷史和偉大文明的記憶。國學在今天的升温，正是對這種記憶的有效鏈接。而這種鏈接也成了澄師在當下的時代使命和學術動態。

我在《同人》卷首中寫道：『同人一詞，本是《易經》中的卦名，在六十四卦中排在泰卦和否卦之後，有承泰否之變復，濟天地之窮危的意義。其卦象上乾下離，象徵天火合德，明健有爲；上互爲乾，下互爲巽，象徵風行天地而無所不通。不過，欲得同人之力，先須盡同人之誼，這是易道的原委，也是同人之大用。《彖》曰：同人於野。何以謂之？禮失而求諸野，道溺而號於途。同人之會，雖處天地之一隅，却無法游離於整個世界的風雲鼓蕩，同人的成長，有賴於這個時代的文明進步；同人的思想，也將對社會發出應有的光和熱。』如果當時更多是一種期待，那麽今天的因緣便成熟了很多，同人以澄師的德業風軌爲矜式，也已經實實在在地構建起了一個關注人文、關注生命的道場。包括一些有文化抱負的熱心企業家如張輝先生的支持，希望澄師充實而富有光輝的人格能量更由此得以外化，普被社會，以天地生民爲本懷，繼往聖之絶學，在十八大民族復興中國夢的旗幟下，重新樹立民族文化之尊嚴。

通性達變的術業造詣

當代書壇的奇章焕彩，少不了王澄師的濃重一筆。澄師的書法，本身也就是對其碑體行草理論的踐行。

一個真正意義上的藝術家，無論是傳統的還是現代的無不在辛苦地探索着個人圖式，思考着時代脉搏與個人思想的離合。澄師以其具有深厚的文化含量和鮮明的個人風格的書法卓立書壇，那種飽滿的張力，那些鮮活的筆致，皆令人神思馳騖。透過筆迹，感覺到澄師似在享受着一種艱澀，温情與甜美的視覺經驗在他的圖式中無緣駐足，包藴一種歷史的滄桑感和生命的張力，既艱深樸厚又渾融灑脱纔是他的面目。

與帖派牽絲引帶的行草書風不同，澄師在《中國書法全集·于右任卷》當中曾提到于氏字字獨立的書寫習慣，并用王羲之《用筆賦》中『游絲斷而還續，龍鸞群而不争』進行分析。這的確是中國書法圖式中的一個重要現象，劉墉的枯禪静坐，鄭燮的亂石鋪街，以及近代李叔同的綿酥體書，盡管字體都兼含一些行草的筆致，但章法上均以單字行氣，絶少聯屬。望去儼若儀陣，不示人以機變之巧迅，而示人以體式之嚴整，變化機權，自寓當中。澄師作品天雨寶華般的章法就是一種體現。這種書寫形式是碑學興盛以來熔碑鑄帖的書家在進行以碑作爲母體的行草書寫時常見的方式，其對於單字的開合鼓蕩有着更高的要求。當然，澄師的書法也擅長在局上造勢，如良將布兵，正中寓變。他的筆氣沛乎不竭，貫通無間，更是碑體行草書的難造之境。

帖派書法多能以側筆取妍，而北碑則多以側筆取其鈎斫剛猛之勢。澄師的側筆合二者之妙，且更富奇變，乃至『暢澀雙用，謹肆無礙』。而管定鋒轉，濃纖間出，又多出於他對絞鋒裹筆的體悟。我想，碑體行草書的筆法，不見得是原來標準化的銀鈎蠆尾、懸針垂露，而應是合乎自然的、破法之後的重建之法。在澄師筆法中的那些創革性因素，尤其不容忽略。

爲對澄師的書法有個縱嚮的時段把握，我想將其書法的演變分作三個階段。

第一階段是泛濫諸家，沿習傳統的時期。從寶晉齋法帖、元氏墓志、鄭文公碑，到自己雙鈎摹寫借來的于右任書帖，再到趙之謙、康有爲，雖説師法多元，但對碑却早是情有獨鍾。在步入書壇之後，爲不負康體名家之譽，澄師繼續在康體上下過一段功夫。直到今天，還有很多人對澄師當年那手精妙的康體由衷折服。但很快他就意識到書法畢竟不是『爲人之學』，不能抱守成熟且被公衆認可的書風而放弃自己的藝術追求。澄師説：『禪家有拆骨還父、拆肉還母説，書法人亦當有此覺悟。跟着老祖宗，一輩子不能自立，可謂不肖子孫。』

於是進入到了第二階段的風格驟變。

第二階段的作品幾乎每個字都能摶住氣，字形左緊右松，字勢相對平正，嚮背挺括，橫嚮力道較多。從康體中宮緊收、四表蔓延的書體到其自己開創的中間恢闊、外形斂束的間架結構，從長槍大戟的縱勢向離方遁圓的橫勢，這些突然而且懸殊的轉變，也體現出一個書家在早期的習書過程中摇擺不定的審美取嚮。可以説，這一段時間是澄師在迷茫中艱難探索的時期。同時，也是澄師自我風格形成并不斷完善的時期。其間澄師在趙之謙、朱熹手稿上又下過一陣功夫，因此，又是碑體逐步帖化的時期，這對其書體的氣脉暢達立好了根基。經過這些實踐體悟，『魏體行書』的理論自然是呼之欲出了。

隨着對于右任的日趨推重，澄師在其書寫的境界和法度上，也都漸多了于氏的潛在影響，其書風也自然而然地過渡到了第三個階段。大約在淡出書壇的前後，澄師逐漸達到了一種心手雙暢、豁然貫通之境。這個階段的作品更有舒縱之意趣，左右回護，上下連屬，章法間每能險中取夷、見死反活，體現出其書技之精湛。雖然不像第二期的雄渾汗漫，却又出現了一種清冷雅潔的感覺。

人之心性自具一天地，覺地的高下，智量的寬狹，自然關係到藝術的氣局。這也影響着澄師的書風潛變。如果説第二期的作品是在封鎖結構中伏藏着抗力，在第三期的作品中，抗力則已經衝破了界域而獲得釋放，并轉化成爲一種灑落鬆沉的勁道；如果説第二期的書法多有碑的沉雄，則第三期似乎多了些帖的渾化。準確地説，澄師今天的書法也已經超出了碑與帖的名相分别，衹是自然書之而已；如果説第二期的作品善於運實，那么第三期的作品更善於布空。内部空間寬綽，却又不像顔書的中空外嚴，其外形也有鬆緊虚實的變化。這讓我想到了古傳《秘授歌》中的一句話：『無形無象，全身透空。應物自然，西山懸磬。』懸磬之形，空中通外，内外鼓應。譬人全體透空，則能應物自然。澄師書法之形態也是如此，外廓的豁通與内間的寬博恰同於懸磬之理，呈現出自然洞達、渾融灑脱的新氣象。

劉熙載在《藝概》中講：『書當造乎自然。蔡中郎但謂書肇於自然，此立天定人，尚未及乎由人復天也。』書肇於自然是天道之流行，暢於四肢，發於事業。羲之曾云：『書之氣，必達乎道，同混元之理。』書法作爲一種事業，自然蘊藏着天道自然萬殊一本的規律；造乎自然則是下學上達，通過探究書寫的奥妙，格其物理以盡性知天。立天定人與由人復天概括出一個書家應具有的完整學書歷程，也就是由自然而始終歸諸自然。不激不厲而風規自遠的人書俱老之境，是澄師之目標。作爲一個思維活躍的藝者，澄師尚在不斷地否定、不斷地突破與不斷地升華過程之中，也在不斷地接近着這種天人合一的境界。

澄師正式習畫的時期較晚，且作品大多出於其側身時務之後。其習畫至今大體經歷了師黄範陸、階空證有的階段。黄賓虹與陸儼少是傳統文人山水畫的代表畫家。黄賓虹用筆如宋人之奇峭樸厚，而構圖多以文人深遠、平遠式爲主，加上墨法的豐富多變，形成了渾厚華滋的風格；陸儼少用筆是文人般的綿麗灑脱，構圖却有北宋山水那種雄深高曠。澄師用筆較黄舒縱，較陸簡廓，但一樣具沉雄茂密的風致，這得益於他的書法造詣，當然更本於其性情之疏簡。在蒼茫與疏縱之氣游刃有餘的時候，他又不滿於簡單的圖式師法，開始叩道四僧，於四僧之中，又獨傾心漸江。

應該是澄師抗足希塵的旨趣與漸師頗相感應。澄師以爲，四僧之中以漸江出離得最爲透徹。而我從漸和尚的畫中似乎讀出一種枯寂，一種離有而着空的取嚮。那些奇崛的瘦松怪石莫不是他靈魂的遷化？莫不是他涓潔自守的氣骨和某種抗拒力量的表徵？對於漸和尚的推崇，不知是否有某種孤寒之境尚未融化。不過，從語默動静間流露的感覺判斷，澄師仿佛是在迎接着某種新的生機和氣象。

東城藍水，春來婉娩，從門前薔薇數枝初發，到窗外柳絲昂然一碧，澄師一定不會漠視這天地生物之心。物色之動，心亦摇焉。於是『曲岸澄湖静，疏窗柳綫長』已衝口而出。孫女的誕生，更讓澄師滿懷欣悦。澄師的畫作仍在轉變，愈加腴潤、從容和疏淡，而這些轉變總是來得順其自然，不假汲求。『大約學道之人，須得枯槁一番，方有住脚立身之處。』徵之澄師，夏峰此論不亦宜乎？

沐浴着詩國的馨香，由衷爲我們的民族而自豪。然而，在中國漫長的文化史中，却很難找到純粹的職業詩人。詩衹是一種以文字方式迹化的文明，其背後的文化統序纔是枝繁葉茂的中國詩歌賴以深植的沃土。在近世學人當中，澄師最爲欽佩的并不是以詩文名世的文豪，而是被稱作『中國文化托命人』的陳寅恪。對於一種文化人格或學術範式的選擇，大體可以判斷：澄師對於那個歷經數千年風雨淘洗的文化統序，承當了堅貞的守衛者。澄師與詩詞邂逅，就宛同一把稀世寶刀重新回歸了它的主人，鋒芒依舊；或者詩詞和澄師，本來就是一個有機的生命整體。

吟詩作詞，非但可以檢束性情，還可以循物徵理。對今人而言，看作一個修行法門也不爲過，而澄師尤嫻於此道。師少從李白鳳、武慕姚先生熏沐，既好詩詞，又復從《帶經堂詩話》《詩人玉屑》等論著中索其理法，繼而漸曉聲律，課吟無倦，乃成嗜癖。

尋味澄師的詩境，有『笑我無聊横榻卧，歸來不釣醉空船』的頹放；有『紅羅一點層陰裏，似有却無分不清』的朦朧。其寫景記游，則有『雲捲天風奔萬壑，潭凝地氣秀千峰』的《登三皇寨》，『赤壁摩天搏薄霧，飛崖瀉雨散輕氿』的《巫溪放舟》，真堪筆奪造化。托物咏懷，則往往興寄無盡，如《紅魔鬼》：『我養紅魔鬼，噇魚不吐鱗。莫言情性惡，却得四方珍。』《題梅》：『閑來操舊好，筆墨不須多。紙上梅三樹，人間情幾何？』《題滴水觀音》：『意花不染有爲法，勝果争攀無量心。莖挺葉寬身自在，聲聲滴水度禪音。』而『春風歲歲復春風，白李紅桃不改容。可嘆花開能幾日，尋花却遇掃花僮』，一種悵惘無端之情，却用襯迭手法寫出，折進一層，感人尤深。當馥萌君移來紫薇一株植其門前，澄師欣然賦咏：『孤幹如虯伴竹栽，扶摇清影上樓臺。東籬當解主人意，持護新紅百日開。』一首咏物小詩竟能寫得如此氣局不俗、寄托深窈，這呈現的不是學問，不是理趣，而是真實的生命感動。

觀其《畫堂春》詞上半闋之『半窗枯葉晃冰簾』句，既想見一種孤寒難耐矣，而下闋忽轉：『轉盼東風早送，韶陽助我開軒。千紅萬紫入瑶函。敲字續新篇。』則又見一種柳暗花明的豁朗。前歲於三亞所作諸詞，尤覺氣宇開拓。試舉其《南鄉子》詞：『漫步碧灣從，花海椰林醉眼封。鱗次翠峨多隱約，雲踪。新夢回看五指峰。　南北念情中，參化因緣意自同。萬頃瓊州天賜我，高風。一任來年乘玉龍。』另如《生查子》：『滔滔江水流，落木循無已。緣復浪波平，杳杳西來葦。　浪波暗石生，何作舟中指。若得返源頭，此岸當如彼。』又別是一種禪機穎脱。

澄師詩風也并不軌於一家，今權舉數格與諸君同賞。

一、質樸如彭澤。《新茶》：『新茶貴雨前，采得五雲巔。玉盞花翻水，時瓶葉煮泉。傳杯强我右，落子酌誰先。忽憶隨園話，敲詩和紫烟。』二、超逸如右丞。《九畝園》：『久有林泉意，今參九畝園。竹溪環曲徑，果木映文軒。茶樹敲棋譜，魚塘醉釣竿。誰言街市遠，恰得半身閑。』又『暮岱雲中隱，竹溪塵外流』亦屬同調。三、閑適如香山。《玉皇山農家小憩》：『霧繞雲回隱翠峰，花溪引我訪山翁。土坪坐話平常事，竹葉煮茶清淡風。痴蝶翩然嬉野蕊，閑鷄自在啄沙蟲。鄰家輕唤頑童去，裊裊炊烟暮色融。』四、澄練如涪翁。《村趣》：『高陵入暮牛羊下，月出林泉樂野鴻。小圃初成田父喜，一三游子酒樽同。』質樸恬淡，真入神髓。又如『小浦潺湲穿蕙畹，輕嵐半下過蒿虆』皆得涪翁薪傳。五、温婉，則與南唐後主、李易安攀藴藉。《采桑子·春寒夜》：『畫簾輕捲春寒夜，細雨柔聲。細雨柔聲，可是花開花落情？　花前花後悠閑步，無論枯榮。無論枯榮，半是幽人半是僧。』

又《醉花陰·山莊》：『錯落清泉千萬斛，小徑相追逐。水底度閑雲，鏡裏依稀，花影輕輕掬。山莊把酒忘歸宿，夜半琴弦續。誰道不銷魂，夢斷他鄉，却是梁園曲。』又《少年游·心如水》：『少時曾記，包公湖畔，情托小橋邊。今來何處，層漪斷續，相看是幽蓮。　且傍石欄參明月，摩鏡洗清泉。不見華塘摇香雨，心如水，去塵烟。』六、豪宕，則與放翁、稼軒、房山諸公競韃韃。《浪淘沙·夜觀滄海》：『夜海黯蒼穹，白浪排空，回吞九派大潮涌。陣陣天風霄漢起，蕩我襟胸。　誰嘆大江東，淘盡豪雄，東臨碣石話遺踪。多少先人吟咏調，千古情同。』又《投鞭鎮海》：『餓虎貪狼亂碧瀛，茫茫東海萬波傾。經年霸國掀陰浪，末路蠻夷黷賊兵。難忘八年魂祭酒，敢當今日血調羹。朱旗鐵艦乘天怒，鎮海投鞭斬惡鯨。』又《討賊四首（其四）》：『東寇八年敗，周邦半世安。幾曾重浪起，又見覆冰寒。怒飲黃龍酒，争噇虜血餐。乾坤三矢定，笑看島山還。』七、更有清新秀脱如誠齋、疏放淵雅如歐蘇者，不一而足。

性情與格調，論詩者視爲冰炭，求雅則喪真，求真則遜雅。其實，二者也未必不能相兼，要在詩人所具是何等性情。若徇一時一己的私智、私情、私欲以求雅正自然是南轅北轍；

若其性情與天地萬物同流、與古今共消息，則即真即雅，彌真彌雅。以衣食榮辱爲本懷和以天地生民爲本懷，在詩人作品中自然會投射出不同的影迹。『把酒無榮辱，先憂復後憂。黎元誠可嘆，千古岳陽樓。』澄師這首詩作表達了對范文正公的由衷贊嘆，也同樣體現着他自身所具的情懷。他贊賞變法圖新的康有爲：『中興國政求新法，普度生民論大同。』孟子有言：『文王之囿，與民同之。』師游包公祠，聞包河之無絲藕移於他地則不生，乃爲詩云：『祠古天青照水明，心香一瓣庶民情。包河獨出無絲藕，願借好風隨處生。』又見師之利群、兼濟的大公情懷。

澄師有一位偉大的母親。在丈夫輾轉臺灣以後，她一手艱難地養大了澄師兄弟姊妹四人。她在教學之餘，還要糊紙盒謀求一家生計。『寒衣縫補銷燈影，淡飯調和潤玉箋』，澄師深刻體察到了母親的辛酸。父親回大陸時，澄師早已長大成人，却也享受了一段家人團聚的美好時光。澄師回憶道：『明窗净案小書房，父子談棋母坐旁。妙算輕敲無限趣，新茶却誤幾回凉。』母親過世之後，師追懷慟切，多見詩中，如『不斷哀思整十年，慈顔隱隱夢相牽』，掩抑深沉，讀來令人感動。

對母親的深愛，也延伸到了澄師對民族、對國家的大愛。而與親人長期離散，更加深了澄師對於祖國統一的願望。他在《滿江紅·憶臺灣光復》一詞中慨然寫道：『東海茫茫，狂風起、濤驚岸裂。望寶島、千峰怒捲，萬流哀咽。忍看山寒狼噬骨，可憐林薄鵑啼血。永難忘、四百萬同胞，傷離別。　馬關耻，肱屈折。家國恨，誰來雪。看東方獅醒，萬千英烈。阿里山巔揮劍戟，長城脚下擎麾鉞。慰蒼天、除盡小東蠻，烟塵滅。』『從來華夏疆，安容伊鞭長。』對於國土的熱愛，也滂沛於澄師的詞筆之間，如《定風波·黃岩島》：『四海卿雲半面遮，陰風逐浪覆南沙。蝦蟹鰲鯨攀怙恃，奇詭。蚍蜉撼樹擾中華。　億萬龍人何恚忿，難忍！黃岩諸島豈容他。衛國保家當亮劍，强戰！男兒壯志在天涯。』《定風波·釣魚島》：『倭寇經年幾獗猖，敗師代管欲偷梁。算盡機關渾水攪，凌島。鼠賊叫買更荒唐。華夏河山當統系，天計。殘烟自有大雲匡。東海茫茫堪信步，横渡。揚旗列艦祭炎黃。』辭氣慷慨，令人撫卷難平。

『硬黄細拓風流在，古硯磨平豪氣銷。風雨十年知世事，圖書半架自逍遥。』一首舊作，不期然道出了澄師今日的情形。談到自己十年來的書法變化，澄師認爲『火氣』退掉了很多。我想，『火氣』是一個富有探索意識的藝人不必回避的激情，但也是一個精神歸元的修行者不可不斂的鋒芒。澄師的自評大體合乎其當前的狀態，而對於世事的見知，也因經歷了風雨十年的澄練而更趨洞達。『岩西老樹當風立，歲歲如斯不世情。』這儼然是他與世不偶的人格寫照；『霧散遠山明，波平一葉輕。閑鷗栖蓼渚，不識世間情。』隨着一葉輕舟的遠去，那不識世情的天地沙鷗也收穫了平静。『月静天心遠，雲開地氣舒。』在深遠廣袤的時空之間，他把陳子昂那種前不見古人，后不見來者的孤寂，轉化成了一種和平淡遠的風規，凝神太虚，和同萬物，萬象爲賓客，遁世而無悶。

傳統詩詞在當今似乎變成了日趨邊緣化的文化奢侈品，雖然作家不少，但創作觀念雜然無統。筆者慮以爲，無原則的立异求新，恐怕此道之亡不期百年。如果不能遵循舊制，如何能真正領會舊體詩詞的聲容之妙？古人説『聲依永，律和聲』，聲律雖是外在的形式，表達的却是作者的心聲。還説『音聲之道，與政相通』，音聲不但關乎人之情志，甚至對一個國家、社會的興亡變替都有着敏感的反映。中國詩統之傳不能廢弃詩律，詩律廢，詩統便廢，也便不是真正傳統意義上的詩詞了。况且，限制詩作水平的是才情、學問和識度，而不是格律。若學識具，真情具，舊體詩的格律根本就限制不了創作的自由；真情無，學識無，作詩也不過是附庸風雅罷了。澄師的詩詞之作幾乎全爲律體，且詩法嫻熟，謹依韵轍，體現出中國傳統詩歌的法脉正傳。澄師的詩詞在當代自應有其典範性的意義。

結語

對於歷史、文化的關懷，對於家國民族的熱情，這種胸量對於作品風格的投射是潛性的，同時又是實在的。所謂的潛性，是説這種艱深潛含於形式而不能明確依附於可闡述的主題。所謂的實在，是説藝術家真正成熟而個性化的風格與其智量抱負是等比的。澄師剛正博大的人格品行都盡然貫注到了作品當中。然而，文化的境界往往是大能知小，小却不能知大，正如黄魯直所言，『非其境界故不知』。我不贊同藝術没有標準的看法，也不贊同不同藝術形態没有可比性的觀念；不贊同斷截古今的藝術實踐，也不贊同東西不可通約之論調。古今中外所有藝術都羅列在不同層次的見地之中，藝術的真正意義便是揭示。無論手法、材料還是形式風格，都彰顯着作者意識狀態，更確切地説是智量境界的大小。基於這種理念，我以爲，藝術的本身就是一種修行。從半禪自號，到青燈問禮，到引吭天倪，這些文化字眼透露出一個學人對於儒釋道一體的傳統文化的皈依與踐履。行有餘力，則以學文。可以説，以品行爲根基的學問素養正是澄師作爲一個學人、藝術家備受欽佩的原因所在。無論早年書風的突轉還是近年畫風的驟變，澄師的變法都很難讓人尋繹其間的筆法邏輯。但這些變化肯定與其心路歷程的變遷和思維狀態的活躍有關。直到今天，我們都無法預見性地對澄師的作品進行定性。變動不居，日新其德——不如用此對澄師的學術和藝術作個簡單的概括吧。

（作者系美術學碩士、鄭州大學美術學院教師）

序二

退·圓——王澄先生的畫與書

李志軍

一

一天，看王澄先生的花鳥小品，如夢方醒：原來，古人說的『書畫同源』，非書畫互滲的『同出形源』，亦非俯仰萬物的『同出神源』，乃『同出心源』也。

擅造佛像的玉雕藝術家王東光說：『王澄老師的畫中，有「性光」出現。』於我心有戚戚焉。

二

十年前，幸由廣君兄引薦，得以拜見先生。

先生於樓臺之上，搭建一小棚，號曰『如棚』，簡約清雅，并題詩云：『不洋不土曰如棚，白架周圍緑頂輕。亦闊亦寬堪望遠，無遮無礙更昭明。紙新墨古胸中意，手釋心閑物外情。

樓上文章棚下曲，春風秋雨寄平生。』

室内圖書滿壁，棚下綠肥紅瘦，加上鶴發童顔，先生真是一位古貌古心的儒雅文人。

走出『如棚』，腦海裏忽然冒出了譚富英的一句西皮慢板：『我本是卧龍崗——散淡的人。』

『清幽茶館，好作時光遣。小小棋盤帷幄算，盡興不知早晚。夜歸諸事無聊，平臺明月相邀。花影輕輕晃動，誰家一曲清簫。』透過『明君子』茶館的橱窗，常看到先生的背影，邀一二好友，隱几而坐，紋枰論道，悠閑而曠達。

心閑是道場。元代的志芝禪師詩云：『千峰頂上一間屋，老僧半間雲半間。昨夜雲隨風雨去，到頭不如老僧閑。』在傾城傾國與時俱進的大夢中，心能真的安頓下來，就離『不生不滅，不垢不净，不增不減』的境地不遠了。

有句話：『知進退，守方圓。』先生寫了好多遍，刻作楹聯，製成鎮紙，可見喜歡之深。一個『退』字，極有力量。宋代高僧圓悟克勤教人悟道，只是一個『退』字，『但祇退步，愈退愈明』。

先生有篇短文曰《出離與藝術》。以『出離心』而爲藝事，實爲中國藝術的真諦。老子説：『爲學日益，爲道日損。損之又損，以至於無爲，無爲而無不爲。』『爲學』是技法，『爲道』則是修心。『損』就是『退』，就是『出離心』。圓悟克勤也説：『异念纔起，擬心纔生，即猛自割斷，令不相續，則智照洞然。』把蒙在心頭的邪念、小聰明清掃乾净，人性的光輝自然朗照。莊子説：『水静猶明，而况精神！聖人之心静乎！天地之鑒也，萬物之鏡也。夫虚静恬淡寂寞無爲者，天地之平而道德之至也。』王國維《人間詞話》中談境界，有『有我之境』，有『無我之境』，而以『無我之境』爲最高。『無我之境』，就是莊子説的『天樂』——『言以虚静推於天地，通於萬物，此之謂天樂。天樂者，聖人之心，以蓄天下也』；也就是佛家所説的『現量境』——『不知色身，外泊山河，虚空，大地，咸爲妙明，真心中物』。

《論語》説：『素以爲絢兮。』莊子説：『樸素而天下莫能與之争美。』潔白純净的心靈，是藝術最美的底色。傳統的山水畫，先生偏愛弘仁。在畫家裏面，包括四僧，弘仁的『出離心』最爲徹底。他的作品，『給人的感覺則是簡净冷逸，一種至純的禪境』。一個藝術家，對於『諸如炫目的名位、誘人的市場、躁動的時風等等，更有不勝枚舉的世間萬象、人間奇景，若能疏而遠之，起碼可爲自己有限的生命多騰出些有價值的時間，更可减去不少無端煩惱，使自己的心境處於安寧、清净的狀態，那麽，我們的作品自可除去浮躁，提升境界』。先生有這樣的體會：『每當出離心提純一分，苦樂感就會减輕一分，這纔是真正意義的享受人生。若此，最終會有一種超然其外的體悟，達到不知苦樂的境界，那便是覺。如此境界，任何事情都會做得順乎自然，順應天意，而藝術品格也自會愈見高遠。』近年來，先生的山水，鬱鬱葱葱，神明焕發，性光閃爍，正是『出離心』的妙用。

三

米芾嘗言：唐人的書法衹有一面，我却是『八面出鋒』。

先生書法，則是『八面入鋒』。

黄賓虹說：『吾謂太極兩儀，開闢美觀，當爲書畫精意所存。』將『太極』總結爲千古不易的用筆之道。先生下筆十分講究，『一筆之中，起用盤旋之勢，落下筆鋒，鋒有八面方嚮』。鋒出八面，四正四隅。以八卦方位代之，起筆在乾，收筆在巽。一起一收，首尾回護。所以，整幅畫面綫條縱横交錯，密不透風，而紋絲不亂。

先生不僅將『太極』的精意用之於行筆，還用之於結體。

先生以篆隸之法寫行草書，取其綫條豐富的表現力，而遺其蠶頭燕尾、波磔誇張的外形。一筆之中，一點一畫，皆有三轉，一波一拂，又有三折，韵味十足，意境開闊。從整個字看，起筆如上山猛虎，扭頭撲象。收筆如飲澗懸猿，回首望月。一上一下，恰如太極圖的陰陽回環，乾坤合抱。一個個字内美充沛，蒼厚老辣，而又空靈飛動，如健捷飄逸的飛天，騰雲駕霧的神仙。對此，東廣兄也有妙論：『就像雕刻一尊端坐的佛，既要重如須彌山，又要輕浮在空中。玉佛的胸中，必須有一團回旋而寧静的保和之氣。』老子説：『萬物負陰而抱陽，衝氣以爲和。』我們的星球也是這麼旋轉着在虛空之中飛行的。

每一個字，都是一團氣，渾然一體，圓滿自足。那麽，字與字之間的連貫，自然與時人習慣的帖學的行草法相异。

帖學行草的上下連帶之法，借上字之終而爲下字之始，順帶纏繞，一筆而成。先生上一個字的收筆，在右下向左上頓起。下一個字的起筆之處，却在左下方。字與字之間，不僅上下勾連，還要左右勾連，纔能氣韵貫通，血脉不斷。就像跳水，一般人是捏住鼻子，一頭栽下，伏明霞則是帶着不同款式的三百六十度空翻動作静静入水的。先生之筆勢，若靈猿蕩藤跳枝，跳至高空，回旋翻轉而下，抓住支點，縱身躍騰而上。這個彈跳落脚的支點，隨着字態的不同，變換無窮。所以，我説先生的用筆是『八面入鋒』——就勢而成，蓄勢再發，隨心所欲，順手即是。一行字是一連串的大回環，如龍卷風一般，摶扶摇羊角而上。

李世南先生曾説：『蘇東坡之《古木怪石圖》，當以「氣」視之。』這團氣，發之於大地，回旋藴積於仿佛在急速滚動的怪石，灌注入扭曲緊張的樹幹，透過羊角般的樹枝，旋入天空。莊子的大鵬，『摶扶摇羊角而上者九萬里，絶雲氣，負青天，然后圖南，且適南冥也』，所憑借的則是六月間海洋裏面的颱風——莊子謂之『六月息』。

莊子說，『通天下一氣耳』。『氣』乃聖人游心之所。儒者則視『氣』爲生生不息，至剛至健的精神力量，充塞於天地之間，仁者渾然與物同體。張載說：『太虛無形，氣之本體。其聚其散，變化之客形爾。至靜無感，性之淵源。有識有知，物交之客感爾。客感客形與無感無形，惟盡性者一之。』先生『守方圓』之『圓』，混元一氣也。先生之書法，蒼蒼莽莽，生機勃勃，搖曳多姿，混元一氣也。其聚也散也，有也無也，隱也現也，乃變化之客形，仁心之顯現也。

四

先生的『半禪堂』，一半爲儒，一半爲釋，莊老渾然其間，熔融一體，發則爲浩然之氣，守則爲圓明之心，書法，繪畫，詩詞，文章，均源於此。

對於先生的爲人，借用岩頭禪師評介其師的一句話：『德山老人一條脊梁骨硬似鐵，拗不折。』

還是看先生的兩首詞吧。《如夢令·段子》：

『莫怪屏前杯下，談笑是耶非罵。上下五千年，調侃俏皮悲咤。閑話，閑話，國事庶民牽挂。』

《浪淘沙·賀『神六』飛天》：

『初雪箭光寒，玉體銀冠，飛船轉瞬九仙寰。當與吴剛花下醉，天地同歡。借爾問夷蠻，誰敢輕看，中華昌盛固如磐！一曲長歌揮劍唱，萬世江山。』

先生之行迹，心迹，進乎？退乎？方乎？圓乎？

（作者系哲學博士，河南省先鋒國學研究院佛學研究所所長）

王澄十記

張　達

古稀半禪澄師，欲遴選往時詩、文、書、畫，涵雅匯集，衆之所矚也。凡愚末學，不揣拙陋，叨問多次，得其未聞者，撮爲十節點，名曰十記，以備知者。

出身

先生祖籍江蘇，祖父輩遷河南開封。抗戰時舉家避難四川，一九四五年六月廿三日出生，勝利後返回開封，出身乃書香門第也。祖父丁惠明，曾任開封知事，爲官之餘，頗好書畫，遺墨雖多散失，仍有《静宧墨憶》評文存世，俊雅小楷書寫，曾與普陀大僧印光法師研討佛教經義，書信往還達十餘年。父丁振成，數學教授，早年飄落臺灣，爲島上教育名家，後得港府姑父聯絡，得回大陸再聚家人。曾見其序跋《静宧墨憶》，行楷恭書，情趣盎然。當其時也，兵荒馬亂，父别後杳無音信，澄師不得已，改隨母姓。母亦出身大家，求學於開封女師，曾師從謝瑞階，後亦爲師教人，喜書法，寫一手好字，此於澄師熏潤甚大。幼長此家，文種自栽童心，故五歲即蒙學，入母親任教之南關柯家樓小學，從此開啓别樣人生。

師從

嘗問先生，何緣喜歡書畫，謂自來天生，母親乃第一任書法老師。『文革』期間，澄師已就職開封人民醫院，因喜寫寫畫畫，被令寫抄大字報。不久恢復書法活動，開封群藝館辦第一期書法班，與好友王寶貴問學龐白虹等諸先生，正式學習書法，其前曾臨《寶晋齋法帖》『二王』之一脉，後購得拓本《鄭文公碑》，又喜得借觀《右任墨緣》，甚喜之，并於博物館雜草中拓魏墓志，亦大臨不輟多時。於澄師影響頗大者，首推李白鳳先生，其次爲武穆姚、龐白虹二位。李先生學貫中西，治學謹嚴，敬業非常，曾指郭沫若考據謬錯；爲南社社員，新舊詩皆擅；人亦有趣，花甲後仍堅持冬泳，上自行車亦一蹦而上。澄師親近李老前後十餘年，有菊花鍋詩爲記；曾爲澄師治名章及『弃醫從書』閑章兩枚。龐白虹書畫印皆佳，平時於地上蘸水寫字，師亦仿之，裨益不少。武穆姚擅版本學，因澄師尊之有加，爲其打針治病，感而爲之作書不少。此三先生，可謂澄師之第二任老師。後則師法于右任、趙之謙、康有爲諸法帖，此三者可謂先生之第三任老師。寫趙，以其手稿爲主，因其手稿見性情。寫康，時間最長，實因一九七九年獲全國大獎且開封康之真迹多故。時至今日，説起禹王臺寒冰下拓康碑十條屏，仍記憶猶新。至於閑暇，用功雙鈎《右任墨緣》《石門銘》《石門頌》等，自不待言。

事醫

基於有海外關系和生計問題，初中畢業，澄師即考入開封衛校（今開封醫專）醫士專業，三年後，即一九六一年，分配至開封人民醫院外科，一幹近二十年。此間四件事可記：一爲家業開啓，結婚成家；二爲就業醫院，治病救人；三爲業餘習書，心追愛好；四爲賣出第一張畫、第一張字（皆爲日本人買去），花十元買康一副對聯。而正業爲其間主綫。也因正業乃救人大事，半點馬虎不得，故漸養成認真負責之敬業精神。曾十三分鐘拿下闌尾炎手術，創醫院此類手術速度之冠，胃次全切亦祇兩個小時而已。業餘除自動加班照看病患，并勤習書法，其中上書法班，親近李白鳳諸賢，書法作品獲獎等，皆於事醫過程中自然完成，爲以後人生，奠定堅實基礎。

獲獎

一九七九年，上海《書法》雜志舉辦全國第一届群衆書法大賽，澄師其時寫康正酣，適值中日邦交初正常，經朋友鼓動，以康體《鑒真遺志》投稿，與百歲老人蘇局仙等同獲一等獎，一時名聲大揚，此後一系列人生軌迹開始改變。先是開封文聯恢復，其籌備負責人商澄師調入，負責書法工作。其後，開始辦書法班，多次舉辦書法活動，并自采、自編《梁園書壇》，引領書法愛好者踏入正途。也正因如此，一九八四年，被調入河南省書協，此後先生與其他幾位中原書法領導人，辦《書法博覽》，舉辦『中原書法大賽』『書法函授班』『墨海弄潮展』『國際書法展』等，河南書法活動風生水起，書法人才輩出。整個八十年代，乃至九十年代，河南書法成爲改革開放後之一道亮麗文化風景綫。那次獲獎，對於澄師之職業走嚮，乃至其藝術成就，對於以後之書壇内外中人，其影響之大，確難以言語形容之。

評委

上世紀八十年代中後期，書法潮漸起，賽事漸多，自中原大賽始，澄師先後多次擔任評委。成都會議，發言力挺現代派書法入國展，帶頭肯定、支持探索創新精神。後做中青展評委副主任兼秘書長，正式提出現代書法之書寫性和可識性評選新標準，此觀點得王鏞等認同，兩人爲此之通信，傳爲書壇佳話。於是，六屆中青展已有現代派書法作品入展并獲獎，澄師等亦帶頭創作此類作品，一批有傳統功底，又有創新能力之書家，漸次脱穎而出，如邵岩等。二〇〇〇年後，澄師淡出評委，乃至不參加書壇任何活動。一則清净自我，潛心創作，二則非藝術因素漸多，與其違心同流，不若退之書齋落個心静。問，做評委何爲至要？先生曰：『審美水平與藝術良知是也。』思及諸多亂象，先生之言，善之善者也。

創見

先生事文事藝，已逾半個世紀，間或常有獨見出，此絕不易也，乃自覺刻苦修煉所成也。掠其大端，當有：碑體行書、碑體草書説，獨解書與法之淵源機理，此其一；學書『深入一家，逐漸蜕變，不與人同，避免僵化』十六字法門，此其二；《格律詩入門簡要》，化繁爲簡，此其三；書法視覺平衡理論，獨出書法美學之道理，此其四；《作文要略》，感悟精簡，公而示訣，此其五。其他，不一一列舉，有此五項，已屬非常。

書齋

澄師齋號，自入書道以來，曾四易其名。

一爲『异趣齋』，意取陳毅詩，基本用於來鄭前。李白鳳、王寶貴、龐白虹曾爲之治此印，作品用李、王治者居多。入鄭後，改齋號爲『三合書屋』，出自《穀梁傳》，寓天、地、人三合之意。查仲林、黄惇、沙曼翁曾爲刊印，作品用黄刻者多。沙孟海還曾題『三合書屋』眉匾。二〇〇四年，王鏞邀先生北上京師，受聘中國書法研究院研究員。澄師於北辰仰山橋邊購得一宅，恰與李世南做鄰居。李先生的書齋號爲『仰山堂』，先生與李尤爲相好，於是將書齋命名曰『仰山樓』。此號印章爲廣君師兄所刻。回鄭後改用『半禪堂』至今，意爲清虛中修禪游藝。眉匾自題，章爲廣君、煒韜等位所治。幾十年風雨而過，現先生坐擁鄭東新區藍水岸，書房敞亮，遠離鬧市，清浄自在，對此理想創作室，師甚爲得意耳。

課徒

大凡行業頗具成就者，追隨學習者定多。然有緣拜師學習者也有限，此不唯緣淺，還須人品德性够分。澄師收徒，非常重品德，其他全秉『有教無類』之則，故澄師弟子中，如我非專業者，亦有多人。澄師與弟子，以亦師亦友、半師半友相處，每年出《同人》年卷，主題雅集，對聯比賽，師生觀摩展等，以此課徒，并相互交流、互動，多元而有趣，其樂也融融。澄師爲弟子寫字，署款亦多稱某某棣，雅意躍然紙上。平時相見，亦順其自然，間或玩笑一二，放鬆情懷，暖心暖肺，常令人回味無盡。

風格

每每議及藝術風格，澄師總謹嚴而謙虛。先生字如其人，質樸，散逸。質樸者，回腕藏鋒，純自天真，篆籀用筆，出入無迹是也；散逸者，隨緣生發，鋒鋒相嚮，結構盤桓，自然變化是也。先生畫如其人，簡凈，清逸。簡凈者，精微簡化，凈不染塵是也；清逸者，雅而脱俗，生動瀟散是也。先生文如其人，本真，理性。本真者，性懷赤子，真誠善意是也；理性者，道義妙手，中道精奥是也。風格者，實我與天地相往來，與四時相和諧，與才志相化合，與生活相統一，變化氣質於其表者也。澄師自謙，曰藝術風格尚在磨練中，實已規模自樹，心技交融，消息自現矣。先生爲人，謙懷而隱，喜歡静處，存誠無恨，愛國幽深，甚惡日本，是爲可愛也。

歸真

品讀先生文章、詩詞等作品，深感本源、本真、無邪充滿其間，時感繁華落盡，盡顯真純之道骨仙風，時見其如夜行山，層層深厚，出離之深心境界。凡此種種，澄師於不斷回歸童真之自然狀態時，凡愚如我者，觸受而得正能量之熏染，何其幸也。而作爲文化藝術之傳承者，今逢機緣成熟，澄師亦順其自然，接受儒之大商、宏光集團張輝先生之邀，集衆弟子，一起發心，嘗試作國學博覽館，以期通過梳理、歸整國學文化精華，完成中華文化歸根、本源追求，促推社會人心大歸真之實現。

『道者不處，童心當存。』此師之自撰座右銘也。其跋文尤自喜之：『道者不處，語出老子，是謂爲人不争，爲事不强，一切順乎自然，余雖非道者，却嚮往之，衹是不願在塵世中扭曲了自己性情。李贄之《童心説》有曰：「夫童心者，絶假純真，最初一念之本心也。若失却童心，便失却真心；失却真心，便失却真人。人而非真，全不復有初矣。」此警示之語，當爲座右，時時鑒之，不可忽視也。』吾亦喜之甚也，故全録於此。

澄師曰：『我是中國人！此聲發自心底深處，我知道不能數典忘祖，也知道無國便無家，還知道兒不顯母醜。我爲祖國日益强大而自豪，并深深爲祖國祝福！』

師又曰：『總覺尚有很多事要做，却是來日無多矣，此乃自然規律，衹有順應。

而在這有限時日中，若能將我之童心，再提純些，此生會少些遺憾，童心即真心、本心啊！』

十記幾爲實録，識者自識吾師也。

是爲記。

（作者系歷史學學士，河南商都集團總裁）

目錄

詩稿

詞稿

詩稿

碑體行書贊

余於一九八五年提出『魏體行書』，後改作『碑體行書』。

殘碑斷碣任求之，借得蘭亭入硯池。
一洗千年尊帖病，雄渾拙樸寫新辭。

碑體草書贊

『碑體草書』提出於一九九七年余編纂《中國書法全集·于右任卷》時。

周秦漢魏自優游，碑帖兼融草勢周。
千古縱橫誰獨得，三原于氏海天侔。

無題

月静天心遠，雲開地氣舒。和平神自古，意到便成書。

爲李世南先生繪弘一法師像題

才華横溢嘆超倫，書畫詩文管樂新。
了結塵緣尤遁世，繁華落盡是真淳。

吴道子

己巳冬，應囑爲畫聖吴道子誕辰千三百周年題。

弱冠已盡丹青妙，悟得天機造化工。

筆落蜀江千轉水，墨張吴帶百迴風。
千官列雁仙香動，五聖聯龍御駕隆。
歲月悠然斯道在，名垂萬世口碑同。

和小坂奇石蘭亭曲水宴詩

丁卯三月，應邀赴中日蘭亭筆會，得與小坂先生相坐，見其詩，因和之。

山陰古道自悠哉，君發東瀛聚水隈。
煮酒高懷題簡素，流觴催得鏡臺開。

憶六大古都書法聯展癸亥在杭開幕并贈柳倩先生

曾記當時月正圓，放歌把盞白堤邊。
浮雲數盡誰書聖，巨瓮傾來我酒仙。
風挾清辭都合韵，浪敲疏節自調弦。
應期明月重相會，縱飲湖山六百篇。

讀《康南海先生墨迹》

周秦漢魏忘年交，南海風流自弄潮。
大象圓方融會處，精神萬古一柔毫。

讀《顔家廟碑》

體度超然性本真，高賢碩德論清臣。
神平氣静中含骨，博大雍容第一人。

滕王閣重建一周年并賀滕王閣杯全國少兒書賽

珠簾畫棟久相違，秋水長天是也非。
千載盛筵今又再，衡廬翼軫競奇輝。

爲李世南先生繪康有爲像題

霧靄冥冥起大風，白雲洞下一神公。

中興國政求新法，普度生民論大同。
業共六賢成絶調，身隨一葉逐飄蓬。
蕭騷短髮孤燈下，舊墨重研萬古雄。

開境界

窮源探本古風存，搦管如初不二門。
道法自然開境界，澄懷净念鑄真魂。

自逍遥

硬黄細拓風流在，古硯磨平豪氣銷。

風雨十年知世事，圖書半架自逍遥。

體悟

書法在修身，道行天地人。個中能體悟，出手自風神。

悟道

誰言書道古今殊，成法精時有若無。
悟得個中玄妙處，昔年争道兩擔夫。

自由人

天資固有貴常珍，學養修成好洗塵。
收盡世間真境界，出新入古自由人。

抱真

丹青偏好係前因，不入流風自抱真。
逸興來時鋪紙墨，無今無古一痴人。

讀李世南先生水墨人物卷

中原羈旅臥雲身，獨有風情塵外因。

水墨丹青隨意染，亦真亦幻是精神。

讀傅抱石先生山水小品

雲山淡淡絶丹垠，茅屋青青出六塵。
束髮寬袍誰獨坐，奚知歷日一高人。

趙之謙

人亡家破號悲庵，多事稼孫金蝶函。
書畫名成身未老，但開風氣是兒男。

趙之謙有『三十四歲家破人亡乃號悲庵』『男兒生不成名身已老』二印，其友魏稼孫集《二金蝶堂印譜》，趙之謙曾戲題『稼孫多事』。

讀《貝繪狩獵圖》

克里夫蘭美術館藏《貝繪狩獵圖》，時不晚西漢，彌足珍貴。

風拽兵車箭滿弓，鷹飛獸突豎金鬃。
丹青妙筆神來處，場景恢弘貝殼中。

讀《西漢迎賓圖》

此圖爲磚質彩繪，藏波士頓美術館。

爾雅温文施手禮，冠巾束髮着長袍。

塵埃拂去精神古，斑駁磚文五色毫。

讀《百年文人墨迹》

直起脊梁平起肩，焚香濡墨問殘編。
文人情結千斤重，義理仁心未了緣。

百泉即興

甲子新正，首届中原書賽後與獲奬諸友游百泉。

相邀游衛水，輕醉過山家。泉可春雲意，荷魚戲晚霞。

雨過黄果樹

依山傍水載歌行，千尺銀河繫旅情。
觀瀑亭前秋雨静，犀牛潭上紫雲輕。
一彎彩練鋪還斷，數點新黄暗復明。
我嘆天工何若此，詩難寫就畫難成。

花溪

南明水畔任徘徊，壩上橋旁屐印苔。
黔嶺年年依舊立，花溪日日復西來。
去留無意雲舒捲，寵辱不驚花落開。
花落隨波東去也，碧溪芳影幾相偎？

乙丑秋感

窗前黄葉又秋聲，廢紙三千體未成。
得失由來身外事，但憑翰墨寄真情。

雲蒙古洞

雲蒙洞古隱機緣，一部兵書萬世傳。
却問三千年後事，山中何處有神仙？

西子湖遇雨

陣陣湖風黯草茵，漣漪斷續聚難分。

偎依倩影情如水，細雨悄聲辨不真。

丁卯秋夢　二首

臺灣開放大陸探親已月餘，未得老父音訊。思及香港謁親，恍若夢境，不覺沾巾。

其一

夜色空濛小徑幽，輕雲乍去漢星浮。
天涯可有瑶臺月，映我情思解我愁。

其二

瑟瑟焦桐伴月樓，更深不意鑄新愁。
秋風陣陣驚鄉夢，夢境何因任去留？

廣元寄懷　二首

抗戰勝利時，余闔家由川返豫，途經廣元遭山洪羈居周餘。四十五年後，偕父母探親復又至此，撫今追昔，感觸良多。

其一

椿萱追往事，千里寄雙鞘。雨斷巴山道，依稀此渡頭。
雄關雲霧鎖，危岸水天浮。當日偎懷下，哪知羈旅愁。

其二

奉親來故地，骨肉喜重游。一綫穿雲去，千峰放眼收。
霞升皇澤寺，影落鳳凰樓。蜀國高風晚，江天萬里秋。

母愛

明窗净案小書房，父子談棋母坐旁。
妙算輕敲無限趣，新茶却誤幾回凉。

悼母

壬申六月二十四日，母親溘然病逝，謹以此寄我哀思。

日月冥冥和泪霰，茫茫大地垂青幔。
西沉婺宿思千愁，夜冷慈帷腸寸斷。
懿德永懷無盡時，恩情未報有餘怨。
蒼天容我守瑶臺，膝下堂前常侍伴。

思母

母親病逝已半年，哀思未減當時，每至夜静，泪水常不能遏。

宵深最怕上樓臺，慈影依稀夢亦哀。
已慣慈懷憂冷暖，更憂冷暖問蓬萊。

祭母

母親病逝已整十年，殷殷之情不斷哀思，何以一個悲字了得。

不斷哀思整十年，慈顔隱隱夢相牽。
寒衣縫補銷燈影，淡飯調和潤玉箋。
甘苦相依蓬屋裏，死生離别祭堂前。
難收赤子殷殷泪，耿介爲人報惠泉。

讀南丁文

南丁先生擲我寫意一文，喚起兒時回憶。

幾多酸楚幾多痴，歲月朦朧若夢思。
顧我年華能再少，側身天地唱兒詩。

讀張宇文

宇兄寫我短文，直刺靈臺。

一絲苦澀一絲酸，掩卷依稀暑夜寒。
天命未嫌來日短，只求真得半身閑。

故鄉行

戊寅春，應邀赴宜興六届陶藝節。

取道丁山賞紫砂，三春陽羡煮明茶。
經年夙願今時了，百載他鄉探故家。

丁卯初雪

瓊樹吹凉月滿臺，二三儔友見邀來。
辭仙自許經綸手，書聖誰侔曠世才。
焚麝輕吟詩賦就，裁箋漫點畫圖開。
香醅未舉心先醉，忽憶中宵夜忘回。

問著

蔡地悠悠啓問著，應時豪杰孰先知？
風雲叱咤江山改，功過千秋論未遲。

上蔡殷商時名蔡地，取著草祭神占卜之意。李斯，上蔡人，有應運豪杰之譽。

身老心童

和梅翁兄之一

身老心童莫道囚，難能一統幾層樓。
開窗放入三分月，漫撫清弦醉白頭。

百戲場　和梅翁兄之二

却道西園久未香，枯藤蔓蔓繞空廊。
殘燈憶得當年客，來去匆匆百戲場。

五龍口看猴

庚午春，應邀與李強兄同往濟源講學，得游五龍口獼猴區。馴猴老者云：以哨爲號，山猴便結群而至。然不知何故，久喚未下，但見籠中猴寒風中有些可憐。

山翁誇哨號，久喚却無盟。怕看籠中伴，凌寒但和鳴。

太昊陵

悠悠太昊巍巍冢，蓍草葳蕤露染臺。
千古江山多少事，春風吹去復吹來。

無絲藕

庚午夏，赴合肥參加三届中青展評選，游包公祠，聞包河之藕無絲，移他地則不生。

祠古天青照水明，心香一瓣庶民情。
包河獨出無絲藕，願借好風隨處生。

武當山奇觀

九〇書法批評年會由十堰始，經神農架、秭歸、巫山，至宜昌結束。得詩數首。

吞雲吐霧隱奇巔，白鶴玄猿世外天。
步入南岩開聖境，梭羅七葉自真仙。

屈原祠懷古

憶得荒城入短篇，灘聲似舊復千年。
忠魂渺渺今安在，楚水巴山萬里天。

巫溪放舟

輕舟快水翠屏間，百里巫溪倏瞬還。
赤壁摩天搏薄霧，飛崖瀉雨散輕氿。
閑情誤落雙龍鎮，宦意猶縈古寨垣。
别有懸棺天外事，藤枯洞老幾荒樊。

登楚塞樓

西陵峽口鎖三川，水際茫茫思渺然。
楚塞樓中多勝事，尋詩可是效先賢？

應范公碑林之約

把酒無榮辱，先憂復后憂。黎元誠可嘆，千古岳陽樓。

風穴寺紀游

深山藏古寺，儕輩喜同游。暮岱雲中隱，竹溪塵外流。
鐘聲何穆静，塔影也清幽。惆悵留書去，中天月似鈎。

還青丹

據稱統仁先生研製之還青丹，可强身健體，爲海内外稱道。

稀世還青藥，神功域外傳。天機多妙悟，古訓廣究研。

固本因扶正，清源自補天。岐黃匡濟志，祛病樂餘年。

書房

小小書房物外天，敲詩讀畫伴流年。
南軒哪得其中趣，黑白卿卿別有緣。

戲梅

一樹紅梅戴玉妝，輕摇得意覷書房。
偷閑笑我微醒態，信手狂塗三兩行。

題《烏梅圖》

老來常弄墨，新意筆中藏。小怪無名烏，如何飲暗香？

題《牽牛圖》

輕鋪三尺絹，點染一牽牛。恰遇蜻蜓覗，初開半掩羞。

和林岫藥丸詩

舊墨新縑借問安，催成俚語寄臺端。
人言世事明兼暗，我道真情易亦難。
一架圖書聊破悶，三杯緑蟻可驅寒。

雪明長夜翻詩簡，賡和清歌作藥丸。

和石開自題畫松

半入空虛一怪松，清癯老者沐高風。
山深路斷塵緣净，坐伴流雲不掩篷。

憶少林

二十年前曾赴登封巡回醫療，得三游嵩山少林。如今古剎修葺一新，熱鬧非常，而昔時情景仍歷歷在目也。

一縷清泉攀石下，琤琤珠玉散輕烟。

峰巒逸出少林道，霧靄虛扶金葉蓮。
太室孤燈搖佛祖，嵩門素月影枯禪。
執迷回向三千界，不念紅塵可慘然？

客深圳

香港探親曾客過，平添夢幻幾纏綿。
昔時巷陌知何處，櫛比高樓不夜天。

南普陀

鷺島聞名刹，得游南普陀。樓臺真聖境，五老好巍峨。

净念期圓果，攝心求太和。輪回同世界，六道苦蹉跎。

厦鼓遇雨

拾級登臨心自遠，憑欄獨釣也清和。
天風驟降傾盆雨，更有頑童弄海波。

濤聲令酒

東山海濱之一

波翻碧海染東山，舊友新朋曳網還。
拾得鮮鯷忙炙烤，濤聲令酒饌沙盤。

醉卧沙灘

東山海濱之二

醉卧沙灘月半弦，南風陣陣自悠然。
凌波鼓浪連天處，三兩漁舟競往還。

曼斗大雨

擊鼓鳴鑼潑水迎，笙歌曼舞傣家坪。
山風驟起紅顔動，雨打芭蕉可是情？

大觀樓懷古

美人山映澤池南，把酒凌虚萬象涵。

多少綺文風雅事，游人最憶是孫髯。

胡姬 獅城植物園之一

胡姬花乃新加坡國花。

信步花叢處，胡姬次第藏。春風多有意，碎影弄斜陽。

無語 獅城植物園之二

枝繁蓓蕾稠，顧盼羞無語。敢問競開時，花陰深幾許？

小花

獅城植物園之三

孤生寂靜輕陰處，作伴殘叢古木邊。
莫負天庭將玉露，花紅葉緑正當年。

山神廟

天美張世範先生囑書山神廟，因有小詩。

家破人亡不勝憂，含冤飲恨九天仇。
壯哉風雪山神廟，金甲銀槍志未休。

村趣

小易羅振玉先生集殷墟聯句，記豫西山村耳。

高陵入暮牛羊下，月出林泉樂野鴻。
小圃初成田父喜，二三游子酒樽同。

乙亥瞻威海甲午戰爭紀念館

時抗戰勝利五十周年。

致遠英名震八荒，五洋四海挽風檣。
而今倭寇投降日，敵愾同仇唱國殤。

秦始皇東巡宫

千旗萬乘渡東瀛，倒海翻天縛巨鯨。
可嘆英雄腰下劍，天涯盡處捃長生。

烟臺海灘

漁火收平浦，沙灣雲半暮。風梳散淡心，漫語尋歸路。

浮戲山感游

翠峪環山下，驅車拜洞仙。都言尋聖地，誰解個中玄。
念動情難繫，心清道乃全。且看平野處，碧樹鎖塵烟。

茂名冬趣

乙亥冬暮，赴粵評行草書展，下榻茂名迎賓館，其園如綉，幽雅宜人。

風來水榭暖如薰，疑是芳華二月春。
姹紫嫣紅羞玉蝶，輕收素翼巧藏身。

丙子新正與故人游黃河

長河萬里净無埃，冰雪茫茫霽半開。
小怨三陽開泰晚，難歌滚滚大潮來。

春游

莫怨春回晚，田家杏未紅。但留根本在，何患不東風。

真情

丙子夏，應邀赴疆，得與書界同人及河南同鄉聚會皇朝大酒店。席間叙情談道，意切情真，無官場虛套之怫厭，無公款吃喝之怵悸，安哉！快哉！

禿筆空文浪得名，紅燈緑酒更誰評。

皇朝一曲真情頌，大漠冰川競和聲。

一號冰川

丙子夏，登天山一號冰川，半小時内盡睹雨雪風雹、藍天驕陽諸等氣象，真奇觀也。

群山恣肆挾雲來，雪霽光騰宇宙開。
萬仞冰川鋪浩氣，蒼天莽莽六龍回。

寄故人

黃蕉素簡兩心同，利禄榮華感慨中。
莫怨秋風多落葉，晨來滿院淺深紅。

題秋蘭

秋風善解芷蘭思，點綴新妝意未遲。
夜半知時將好雨，朝來更見露承枝。

題水仙

誰寫水仙清欲流，隨心點染自清幽。
雲窗輕灑纖纖月，小飲餘香醉白頭。

丙子秋感

塵世紛紜自立家，丹青翰墨伴年華。

篷窗漸染三秋葉，瓦硯初開一樹花。
痴夢書生貪玉篋，息心游子不天涯。
雲箋半紙裁新句，小檻朦朧月影斜。

九七寄懷

國難悠悠劍化龍，香江滾滾祭蒼穹。
三山五岳擎觴酒，共慶回歸唱大風。

佛光寺

佛光寺位處五臺縣，始建於北魏，現存主殿大佛殿乃唐宣宗大中十一年重建，完好無損，巍峨壯觀，又有古柏參天，香雲繚繞，頓生虔敬之情。

千年古柏千年殿，千載滄桑不染埃。
始悟清心參道場，塵霾消遁佛光開。

名山净土

歡愜會同儕，相偕拜五臺。名山播净土，古寺滌塵埃。
慧業緣因果，塵勞自去來。感時言夙願，香火映中懷。

守方圓

樂道無時知進退，安居净念守方圓。

春茶醴酒花間語，莫笑虛空半坐禪。

小方壺

酒後多餘興，丹青信筆塗。春梅誰折采，且問小方壺。

東籬

院净黄花冷，泉寒炭火紅。籬東誰作客，道問白髯翁。

舊夢

三秋風雨細，撫我數竿斜。晃醒兒時夢，爲籬伴菊花。

朝聖

闔家朝孔廟，負笈禮門情。至聖弘天道，高賢集大成。詩書扶社稷，禮樂濟蒼生。墳典千秋鑒，苳苳萬木榮。

千佛山

千佛山古稱歷山，傳爲舜帝躬讀所在。李賀有『遥望齊州九點烟』咏句。

先傳帝舜躬耕處，九點齊烟照歷山。

信女善男同謁拜，誦經容易解經難。

大明湖

秀姿依舊風流在，千古垂名萬頃湖。
四面荷花談故史，一城山色寫新圖。
小滄浪畔思名士，歷下亭中仰宿儒。
水榭回廊盤玉帶，扶疏花木忘歸途。

漱玉泉

趵突泉又名檻泉，李清照紀念館在其東漱玉泉畔。

三十年前游檻泉，勢如騰沸映青烟。
而今漱玉池無水，焉是蒼天負易安？

春趣

葉摇楊柳風，花放數桃紅。老鴨知春水，戲游圖畫中。

垂釣

翰墨度平生，從來無遠慮。偷閑學釣垂，始悟行藏趣。

對弈

無事喜敲枰，曾標坐隱名。機心方未息，拱手論輸贏。

暮雨

秋雨叩林扉，山眠鳥倦飛。雲泉留不住，暮澗幾重圍。

晨趣

溪山秋夜雨，晨起靜無人。獨坐觀棋譜，枰中自有真。

水雲澗品茶

高朋入座春風至，幾縷夕陽簾影斜。
竹館初煎雲澗水，清齋細品紫茸芽。
茶能醉我何須酒，墨亦香人足勝花。
絲管聲聲吟畫壁，輕烟裊裊戲詩家。

黄河壺口

勢如奔馬蔽空横，形若巨壺濤沸騰。
飛瀑倒懸天際瀉，回聲萬里鬼神驚。

雲岡石窟

百年鎸石窟，請得衆神仙。靈岫超三界，梵宫明慧禪。
王朝悲易幟，佛法代相傳。塞上風雲古，觀瞻亦是緣。

恒山

大茂巍峨古帝孫，人天北柱位山尊。
懸崖盤谷稱三口，鳥道雄關曾八屯。
果老嶺前談故史，夕陽岩下祭英魂。
誰人踞得虎風口，長嘯一聲驚雁門。

懸空寺

危樓飛絶壁，拾級度千尋。牖闥松雲過，悠悠送唄音。

登三皇寨

巍巍少室竟誰宗，盤古開今意自雄。
雲捲天風奔萬壑，潭凝地氣秀千峰。
奇垣險嶠神工盡，异構殊姿造化窮。
但得銷魂驚魄處，却忘身在此山中。

薄溝寫生

尋得薄溝隨畫緣，坡黄樹緑自悠然。
千株白絮開秋圃，幾點紅羅隱壠阡。
如練洛河融净土，似裁溝壑滌塵烟。
雲階幻出桃源境，斟酌丹青入素箋。

天山狩獵

戊寅秋，與冰毅應邀赴疆，友權君作陪游獵天山，恰逢大雪，甚愜意。

仲秋風雪漫天山，林海茫茫劍影寒。
忽得鏑鳴驚凍谷，玀豚恰可挈壺餐。

戈壁驅車

隔日驅車五彩灣，謁唐朝故道。沿途戈壁無垠，人烟稀有，鹽湖逶迤，油井時見，又是一番景觀。

驅車尋五彩，廣袤惹人憐。油井湍青綺，鹽湖鑄玉泉。
天山圓落日，大漠直孤烟。故道千年事，誰人嘆逝川。

新桃花源

戊寅冬初，與友人驅車城郊，至黄河大觀，弃車步行約二三里，入北邙盡處，但見峰巒參差，溝壑崎嶇，林木鬱鬱，溪水淙淙，愈向深處，愈覺奇异，如入仙地，恍若世外，因賦詩并記。

清幽苑圃傍邙山，萬木霜天葉未殘。
小浦潺湲穿蕙畹，輕嵐半下過蒿蘩。

人稀犬噤疑仙境，路轉峰迴若古原。
倘使柴桑元亮在，當應再寫武陵源。

望江樓懷古

戊寅冬，應中國書法藝術學院之邀赴川講學，得與天池尉教授夫婦、曉雲女士同游望江樓，
楊進、寶珈伉儷作陪。

淪落天涯女，情文意獨幽。浣箋遺妙韵，古井也風流。
香冢縈塵夢，新篁隱舊酬。劍南多軼事，誰憶望江樓？

澳門回歸在即

山河破碎悲沉默，自古邦交無弱國。
改革昌明斗柄移，乾坤一統黃金泐。

問禪

雨住風停夢未成，雲移月冷半窗明。
塵心也念維摩境，誰解拈花一笑情？

古硯情

醉我書房古硯情，新茶細品素琴橫。

榮華利禄隨來去，事到無求意自平。

晚渡

霏霏烟雨細，津渡鎖清幽。坐看孤舟晚，篙停水自流。

鶴翔山莊

己卯春仲，赴蓉城參評中國書法年展，下榻鶴翔山莊。是莊位青城山下古長生宫遺址，園中珍楠成林，白鶴群居，真仙境也。

鐘聲望斷雨聲輕，掩映青城晚照明。
萬樹珍楠栖白鶴，游人誰不問長生？

山莊夜歸

春寒疏雨過，静夜撫靈辰。古觀緣天道，仙居自本真。
高枝低素月，遠鷺近幽人。如此塵心去，何求六合均？

謁國清寺

己卯夏，應浙江寧海之邀，與雨蒼、李强二兄同往。得游天台國清寺，亦善緣也。

妙契識天台，靈山似夢來。佛珠三世現，覺樹百年開。
七塔穿雲立，五峰環澗迴。幽幽清净地，合十拜隋梅。

秋興

憶得梁園摘菊花，馨香淡淡飲霜茶。
興來一試生花筆，誰識東籬五色霞。

秦淮感賦

庚辰春，赴南京八屆全國中青展新聞發布會，與諸友同在秦淮河畔魁光閣用餐。

龍樓鳳閣暗飛聲，一水秦淮酒細傾。
圓缺陰晴千古事，幾人抛得世間情？

清明上河園

清明誰寫上河圖，千載浮沉畫夢孤。
未料而今重走筆，州橋復見月如初。

盧浮宮維納斯雕像　西歐行之一

庚辰春夏之交，赴西歐觀光并在日内瓦舉辦個人書展。

蹝動束身争踦跂，銀光閃閃何情恣。
尋常盡是遠游人，萬里遥遥瞻斷臂。

維也納莫扎特雕像　西歐行之二

歲月悠悠天籟沉，琴臺交映故人心。
扶疏花木濃陰處，白石雕成萬古音。

羅馬・梵蒂岡　西歐行之三

古城舊事逐年新，歷盡滄桑見本真。
帝國無邊興勝典，雄鷹墜落祭花神。
教堂宮殿多驚世，斷壁殘垣也絕倫。
更嘆升提朝聖處，沄沄臺伯洗塵身。

聖彼得柱廊

西歐行之四

曠世教堂何壯觀，擎天石柱托身安。
皂衣修女知甘苦，和應聖靈升化難。

日内瓦湖晚步

西歐行之五

阿爾卑斯山色遥，湖光幽暗亦妖嬈。
雙雙白鳥聯翩下，啄起漪紋戲暮潮。

小白猫

茸茸粹白毛，小小掌中體。卧起乍喵喵，眈眈盤上鯉。

藝人　市井小題之一

某飯店一青年操琴賣唱，曲至數首無一人關照，余有心解囊，又羞於拋面，可嘆，可憐。

電子琴弦隱約間，亦歌亦訴幾回環。
拳聲振聵誰旁顧，强作歡顏泪未潸。

閑客　市井小題之二

現代生活節奏之快令人目眩，也有無事閑客，余當屬此列人等。

的士瞬間無影踪，行人似慢亦匆匆。
浮生自有偷閑客，茶館觀棋四座空。

乞丐

市井小題之三

近年生活日見提高，乞丐已難見到，偶然遇之，境況也大异於往昔。

蓬頭垢面似痴人，四海雲游自在身。
美酒佳肴伸手事，何憂何慮任風塵。

輸贏一笑

小小棋盤六合陣，優游變化動寰塵。
棋形妙處生棋理，布勢玄時自布新。
把子輕敲幽意遠，合盤細算性情真。
機心已息何斯事，一笑輸贏世外人。

自省

原本即糊塗，雕蟲混壯夫。經年方自省，世故本虛無。

紅魔鬼

紅魔鬼乃熱帶魚，貌似溫厚，實極凶殘，體色紅，食活魚，故有斯名。

我養紅魔鬼，噇魚不吐鱗。莫言情性惡，却得四方珍。

清道夫

我養之清道夫與何種魚皆相安，然不知何因竟被紅魔鬼殘食，真如世事之風雲莫測也。

有魚天性殊，少動影形孤。水底殘渣吃，雅名清道夫。

新篁

仲秋時節植新篁，瘦影青青勝艷妝。
滿座高朋邀月共，舊黄新緑論餘觴。

櫻桃

櫻桃好吃樹難栽，幾度風霜襲翠臺。
才展花容便易主，枝柔根弱怕攀摘。

幽菊

幽菊伴蒼苔，幾經風雨摧。不知移節令，淡淡向誰開？

沙漠玫瑰

素净玉紋身，亭亭無一塵。馥芳何自賞，原本是幽人。

石榴樹 二首

近日購得石榴一株，樹齡不下三百年。據云原在福建深山中。

其一

斑駁衣衫身影斜，腰肢半露小紅紗。
深山伴得春秋老，未料餘年入世華。

其二

顏蒼軀固若雕鐫，三兩新花亦自憐。
世事塵緣何眷顧，滄桑歷盡不知年。

凌霄

凌霄別名鬼目。

一夜好風輕，臺池蔓草盈。去年新鬼目，細看嫩芽生。

臘梅

寒烟縷縷上平臺，戲我棚邊玉蝶梅。
隱約姿容身半露，亦嬌亦嫩淺深開。

惜春

春風歲歲復春風，白李紅桃不改容。

可嘆花開能幾日，尋花却遇掃花僮。

棚下曲

頂層裝封平臺，其形似棚，故名如棚。

不洋不土曰如棚，白架周圍綠頂輕。
亦闊亦寬堪望遠，無遮無礙更昭明。
紙新墨古胸中意，手釋心閑物外情。
樓上文章棚下曲，春風秋雨寄平生。

邙山寫生

辛巳冬，與健强、廣君、家甲、凉雨同往。

結伴驅郊外，偷閑避世華。霜溪藏野鶩，田舍少人家。
烟靄平沙繞，寒林峭壁遮。紛披尋畫本，不覺日西斜。

寓居京華

身居喧鬧地，心更眷林泉。偶或從花木，兼而喜素弦。
詩文多舊事，翰墨少新篇。既是隨緣去，清和便是禪。

讀故人詩

華章拜讀幽思繫，白髮神傷暗自憐。
一曲牡丹辭未盡，愁腸百轉韵難填。

春寒 二首

其一

風折柳梢殘，京畿春倒寒。聊將箋素潤，換作杏花看。

其二

天寒書屋暖，逸興墨痕斜。筆到心如是，無春不著花。

春游

側入鳳凰嶺，晴光峰影斜。束身攀峭石，俯首過桃花。
小徑横枯木，新枝著嫩芽。傍溪相對卧，小憩説山家。

乙酉清明

晨起掃塵埃，清明置祭臺。京華歸路遠，慈母夢中回。
素月遮雲暗，淒風裏雨哀。携兒千里外，泪面叩蓬萊。

踏青

三五新枝初發芽，幾聲啼鳥越溪沙。

踏青不問花消息，只看晴空雁影斜。

仰山樓

新居位仰山橋畔，遂名齋號。

仰山橋畔客情留，權且栖身帝子州。
斯藝斯文緣未了，先賢夢入仰山樓。

六十感賦

人生如幻夢，花甲嘆蹉跎。歲月無成數，韶華有幾多。
悲欣堪吐納，榮辱任來過。但得真情在，何求六法和。

獨憐

余置花木一盆，不知其名，風姿別具。

嘉木單株畫室偏，孤芳自賞也堪憐。
主人別有惜春意，不見花開郭外田。

一杯茶

懸壺把盞水飛霞，幾度沉浮雀舌芽。
苦澀甘馨誰解味，人生原本一杯茶。

答友人

羈寓京華身若萍，但憑書畫度浮生。
老來最念梁園曲，相國霜鐘傾耳聽。

和友人『神六』詩

久望嫦娥翺太空，而今當再論雌雄。
何如也作仙游夢，與爾同乘上苑風。

六一初度

歲月蹉跎又一年，毿毿五柳攏塵烟。

平生未熟人間事，祇把心情寫素箋。

和友人

夜話書樓燭影紅，幽思未吐漏將空。
身輕塵世來生遠，情繫林泉今夢同。
草木榮枯無左右，山溪緩疾任西東。
窗前素月清如故，不改痴心隻句中。

夢常新

花弄清辭辭也俏，詩尋舊夢夢常新。

既憐枚子隨園曲，何伴陶公五柳春。

守衙官

美蔭佳木半紅殘，秀實纍纍感折攀。
過往曾聞偷果鼠，今來未及守衙官。

糞土

呂不韋有云：『人不寶國之連城尺玉，而愛己之蒼璧小璣。』

連城尺玉誠難寶，蒼璧小璣安可珍？
我看終來皆糞土，圖書半架不憂貧。

重陽

京華初度重陽日，座上高朋酒換茶。
霜染清秋多逸韵，丹青隨意補寒花。

秋紅

過夢重陽小苑東，平林一夜染秋紅。
晨來慌自尋花去，莫笑長眉白首翁。

不了情

夜海深深斗柄横，凉宵獨坐幾回驚。

落花片片催人老，難却秋風不了情。

思故人

又是一年霜菊殘，别時容易見時難。
傳杯不爲家鄉事，醉眼矇眬好倚欄。

涼雨廿七生日黽勉

歲月如晨夢，須臾白髮時。吾兒多珍重，勤奮未爲遲。

雪芹廿四生日紀念

一部紅樓著者誰，心儀夢繞少兒時。
寒窗十載情何已，辭彩文華不負斯。

國恥

乙酉中秋節與九一八同日，斯時京華陰天，不得見月。

四海風雲聚，鐘聲震九州。蒼天知國恥，冷月暗中秋。

讀蘇曼殊《白馬投荒圖》

誰嘆菩提塵外樹，更憐明鏡子虛臺。

但看白馬投荒處，零雁孤鴻萬里哀。

袁枚

孔鄭門前自逸奇，仕而非仕亦隨之。
鴻辭博學移情處，俗事凡情皆好詩。

徐文長

傍依浮世難容世，放蕩寰塵自洗塵。
特立獨行當散聖，癲狂笑罵是真人。

袁宏道

公安誰立派，袁氏自臨風。真性文三變，靈心會六通。
超然能縱逸，矯激復從容。溯浪横波處，遥遥未可踪。

倪雲林

自謂懶迂偏亦奇，延陵問道意如斯。
畫如董巨吟禪後，辭過陶王醒酒時。
彝鼎摩挲情好古，竹梧洗拭德宜滋。
殘謀斷藺吴中老，志潔行廉是我師。

楚霸王

鼙震烏江月，角寒垓下霜。英雄憐氣短，兒女痛情長。
劍舞斷三徑，楚歌悲八荒。茫茫江浸血，咏史也蒼涼。

謁漢光武帝陵 二首

其一

春陵義舉角弓鳴，朝野輪回幾度争。
漢室中興天道立，蒼生共濟大河平。
殘碑未盡前朝事，血柏竟融今日情。
緑瓦紅墻誰解味，側身青史辟邪横。

原陵附近出土之漢代辟邪高兩米，長三米，爲最大石辟邪。陵中古柏木質紅色，當地人稱『血柏』。

其二

北邙山下紫雲生，細雨輕風沐帝陵。
漢木新枝堪佐史，黄河故道亦詩銘。
古原最憶中興事，石闕當知楝柏情。
滿苑奇香多逸隱，恐將别夢散都城。

原陵有『苦楝柏』，爲兩樹合一，楝入柏懷，同根生長，頗罕見。當地人喻指光武帝與陰皇后之忠貞愛情。

和友人 三首

其一

山間茅屋清凉境，采得岩茶煮石窩。

日出相看思日落，卿雲深處小溪和。

其二

同舟風雨橫江濟，冷暖人間任所之。
秋涷春寒經歲有，山花共看待何時？

其三

纍世人生憾事多，今來何苦嘆蹉跎。
明朝冬去和光暖，踏破寒冰唱大河。

夢入重渡溝

輕車重渡也風華，掩映南灣淮浦斜。
不意湖光潛入夢，漣漪斷續到詩家。

讀《在大雁翅膀下》

無弦琴調和雷聲，窗外層雲陰復晴。
大雁高飛緣冷暖，荒凉大漠問歸程。

和達棣

情移夜半捲簾時，幾度中秋渺漫思。
莫問誰能先得月，與文唱和兩心知。

情如舊

老酒新茶解語杯，遍嘗甘苦悟輪回。

陽春最嘆籠中鳥，晚歲尤憐雪後梅。
隔幔曾驚花影重，憑欄始覺暮鐘催。
詩抄檢點情如舊，白髮難堪意不灰。

丙戌立秋

不知時令改，日日仰山樓。書檢烟霞趣，棋敲月樹幽。
疏窗調筆硯，隔座拭茶甌。都是平常事，如何白我頭？

霜菊

故園三徑深，石冷歲寒心。一束淩霜菊，凄凄染素襟。

玉皇山農家小憩

霧繞雲回隱翠峰，花溪引我訪山翁。
土坪坐話平常事，竹葉煮茶清淡風。
痴蝶翩然嬉野蕊，閑鷄自在啄沙蟲。
鄰家輕唤頑童去，裊裊炊烟暮色融。

夜宿農家小院

溪山蒼黛染，秋雨夜華清。移近南窗卧，静聽天籟聲。

憶舊游

何方消假日，山野亦奢華。沚草摇春水，寒蟲戲軟沙。
引身攀古木，卧地枕松花。莫管天將晚，鄰村處處家。

新茶

丙戌春，學昌棣自信陽購得新茶送我，小詩酬答。

新茶貴雨前，采得五雲巔。玉盞花翻水，時瓶葉煮泉。
傳杯强我右，落子酌誰先。忽憶隨園話，敲詩和紫烟。

九畝園

文杰棣於西開發區置得九畝園，乃偷閑之好去處。

久有林泉意，今參九畝園。竹溪環曲徑，果木映文軒。
茶榭敲棋譜，魚塘醉釣竿。誰言街市遠，恰得半身閑。

觀卓行歌舞有感

醉舞見情真，韶歌至性純。腰身堪絕勢，指節亦傳神。
詞曲源心境，餘音度幻塵。功成猶路遠，年少望常珍。

路遇

路邊乞討靠詩文，竟是清癯老嫗身。
字字小心含泪落，何言富貴勝窮人？

老人詩中有『自古富貴勝窮人』句，我勸將『自古』改作『莫言』，不要自輕，她未接受。
過後想來，若依了我，誰還施舍？

無題

書法言何物，良知價幾多。君看名利場，過客若星羅。

新年感懷

花自春風月自圓，新詞喜作舊詞填。
三千廢紙難三省，一樣痴情又一年。

丁亥拜年

從來賀歲念仁賢，符舊桃新皆是緣。
願借良辰斟老酒，傳杯唱和續華篇。

故人心

諸賢棣聚會九畝園賀我六二生日，吴行請來琴師助興，小詩記懷。

感慰玉杯斟，壺中歲事深。殷殷賢士意，眷眷故人心。
久別松風調，今逢焦尾琴。高山流水在，把酒伴君吟。

梁園曲

憶得梁園曲，殘宵興未闌。今來尋舊調，誰作七弦彈？

梅影瘦

素紈冷艷勝華妝，冬盡春回引興長。
多少瑤函當眷念，一時空簿莫彷徨。
高山流水琴三曲，明月清風紙半張。

寫得案前梅影瘦，枝柔蕊嫩是詩腸。

山游

瑶階憐峭石，玉樹眷霜溪。漸次雲深處，怕聽歸鳥啼。

題健强《風穴寺春雪圖卷》

凍林春雪隱紅墻，峭石清溪着淡妝。
幾縷閑雲回看處，禪心一點畫中藏。

丁亥歲暮

花落花開又一年，喜看梅蕊等儔先。
相從冰雪徐徐釋，自有春風入韵篇。

一泡清茶

酬應三巡濁酒，歸來一泡清茶。
夜半何難入睡，翻身藉問窗紗。

國是民憂

不盡紅燈緑酒，無邊玉宇瓊樓。

怪也醉生夢死，愁哉國是民憂！

和應輝兄

讀兄古律，九曲腸回。撫今追昔，參半欣悲。
青燈孤影，斷碣殘碑。三千廢紙，初得毛錐。
相從公事，鶴立鵠飛。同人相敬，國粹恢恢。
感時曾幾，位計尊卑。沽名釣譽，鼠竊狗賊。
良知何價？藝品何爲？識者疾首，仁者思歸。
洗清筆硯，半掩屏帷。傍依五柳，遁迹柴扉。
解憂惟此，賢古可追；解憂惟此，兄弟相隨；
解憂惟此，書畫通逵。

題菊　八首

其一

相待吟秋賞菊時，依稀風動細柔枝。
曾聞閏月霜來晚，收拾竹籬當未遲。

其二

新秋暗自夢籬東，幻出黃花趣不同。
蕊嫩枝柔芳半吐，怕聽玉漏滴聲終。

其三

秋涼自愛寫霜葩，往者情多五色霞。
魏紫姚黃何足賞，着裝淡淡不同花。

其四

籬外清秋霜半染，梳風洗雨一塵無。

諸君玩好知何味，捨得濃妝意自殊。

其五

枝幹亭亭彎亦直，不旁籬下偏旁石。
繁華歷盡辨由來，芳野清霜酬舊識。

其六

荒郊曠野會霜風，不屑東籬曲直躬。
修短密疏天意造，相隨生發更融融。

其七

霜階疏影帶風輕，素萼微收枝半横。
無意歲寒時令老，惜看萬木漸凋零。

其八

閑來小苑試秋茶，夕照疏枝孤影斜。

憶得幾回籬下醉，清姿別韵是霜花。

題梅 十首

其一

興來片紙寫梅花，規矩無從亂點鴉。
偶得兩三如意處，端溪池畔自横斜。

其二

影瘦神清寫舊時，横斜避讓任由之。
經營頑石非遺缺，更顯凌寒散逸姿。

其三

月前花蕚本朦朧，不意無情一夜風。

孤影殘燈銷繭紙，奈何筆墨也虛空。

其四

夏時忽憶歲寒身，借得丹青且效顰。
莫論花枝多散漫，精神到處也清塵。

其五

緑萼紅綃自本真，可憐累世墮風塵。
且回書屋裁縑素，還爾冰清玉潔身。

其六

風侵雪過別枝横，忍看嬌容半著冰。
收拾殘縑非故意，胡圈亂點是心情。

其七

閑來操舊好，筆墨不須多。紙上梅三樹，人間情幾何？

其八

風信幾回來，相期不忍猜。歲寒冰未釋，爛漫爲誰開？

其九

冰清不染埃，静寂伴書臺。衹爲人憐故，瓶中細細開。

其十

老幹護新枝，花期莫我知。是非當日事，白髮放杯遲。

題蘭 四首

其一

水墨繽繽葉，丹青淺淺芳。謙謙君子意，續續度幽香。

其二

不意東風便，初心喜淡妝。莫言無爛漫，花瘦更難忘。

其三

從來清瘦影，難得發花時。何故深山隱，幽人獨自知。

其四

翠黛輕輕染，幽香淡淡來。春風多故事，細雨弄蘭臺。

題山水 四十九首

其一

逶迤石徑小橋横，山雨初收暗復明。

茅屋兩間天地闊，輕彈漫唱和泉聲。

其二

應是秋風最惹人，霜花殘葉兩相因。
貪看莫怨青山老，一縷烟霞情亦真。

其三

遠樹迷離薄霧横，簾纖細雨帶風生。
紅羅一點層陰裏，似有却無分不清。

其四

峭石平林隨意鈎，丹青不用復何求。
回看散漫無形處，一點禪心畫外收。

其五

一徑松陰暗影殘，疏林侍寢水雲摶。
柴扉半掩幽人榻，夜色朦朧好看山。

其六

峰回路繞小窗前，一水閑雲幾樹烟。
笑我無聊橫榻卧，歸來不釣醉空船。

其七

不用朱丹用素青，胡勾亂點本無形。
紛披散逸虛空處，一樹枯枝出畫屏。

其八

東西南北幾回看，不盡胸中無限山。
借得丹青移紙上，橫裁竪剪是詩丸。

其九

嶺上殘紅帶雨收，霜花幾樹影空留。
年時歲季等閑度，慣看烟雲入冷秋。

其十

窗前淫雨纖纖落，紙上輕雲漫漫摶。
寫到會心如意處，壁游也覺太虛寬。

其十一

磊磊危岩引步遲，層層烟樹曼天姿。
無心山水有心看，造物情緣莫我知。

其十二

雲停風住鎖層巔，绿淺紅輕嶺樹眠。
誰道山深空萬籟，身閑心净好聽泉。

其十三

不知有漢自仙家，三五茅廬百里呀。
一石一泉皆爲我，披雲卧翠好奢華。

其十四

風移山雨帶霜收，幾點殘紅韵獨幽。
石冷橋空人不見，落花猶自醉清流。

其十五

雲摶樹石幾回旋，茅屋歪斜情亦憐。
只嘆殘紅留不住，嚴霜隨意奪人先。

其十六

杳杳青嵐淡淡山，谷深林静小溪閑。
不知樹石安然處，却看烟雲緩緩摶。

其十七

花草榮枯四季更，烟雲來去幾銷凝。
岩西老樹當風立，歲歲如斯不世情。

其十八

樹石橫斜上下看，雲烟穿插地翻天。
淡濃疏密隨心試，慢染輕勾造化還。

其十九

山上青山雲上雲，扶搖幾度卧雲身。
空山自有禪中趣，不坐菩提也是真。

其二十

暮暮朝朝染素箋，亦爲凡事亦爲禪。
相參解得兒時夢，化轉三生未了緣。

其二十一

慣看山水未爲奇，消得壁游造化移。
寫到精神相會處，胸中丘壑自紛披。

其二十二

剩墨殘箋情未了，春花秋木也堪憐。
浮生若夢誠難醒，且作林泉枕石眠。

其二十三

幾處山家幾處僧，清幽溪水自幽情。
欲來復去卿雲捲，似有却無疏雨聲。
消得陰陽天地共，安知冷暖畫圖更。
栖身市井非余志，只借丹青寄此生。

其二十四

雨停雲未散，林際暗華崧。綽約窗前影，撩開一片紅。

其二十五

幽澗素屏環，山翁隱約間。不妨依石坐，弃杖亦安閑。

其二十六

小橋何岌岌，霪雨冷凄風。却見孤僧佇，猶如打坐中。

其二十七

水氣封苔徑，雲移未可踪。敞扉梳晚霽，解帶沐高風。

其二十八

層岩收晚霽，留韵洗微塵。最是斜陽處，幽幽樹拂雲。

其二十九

茅廬移石暗，林壑渡雲明。識得山中味，陰陽彼此形。

其三十

雲山平遠樹，松石染秋陽。不忍斜暉去，閑愁八月霜。

其三十一

溪雲隨意染，樹石亦從容。消得詩心寄，相疑造化同。

其三十二

身閑情未了，宿墨染砂丹。偶得林泉趣，邀君紙外看。

其三十三

流水本無争，高山節可凌。七弦琴一曲，禪意倩誰聽？

其三十四

高坡溝壑連，黃土背青天。寫得春牛趣，同耕五色箋。

其三十五

淡濃隨意會，虚實自相宜。寫到凝神處，原來造化奇。

其三十六

來去皆閑事，松雲戲竹扉。丹青亦知趣，簡淡入幽微。

其三十七

雜樹生頑石，草枯荆棘圍。相佯山水看，莫論是耶非。

其三十八

毫弱寫虛形，襟懷寸紙凝。輕輕融水墨，淡也是心情。

其三十九

陰陽取次斟，造化本無心。不到痴情處，安知有淺深？

其四十

一樹夕陽收，三間茅屋秋。溪雲相會處，諧韵自清幽。

其四十一

雪來西嶺早，葉落北川遲。但得山林趣，炎涼莫我知。

其四十二

疏林平峭石，坐看遠峰低。但得雲深處，靜聽幽鳥啼。

其四十三

蹊徑尋清趣，平林着淡妝。閑雲回看處，禪意個中藏。

其四十四

丹青墻上玩，排列畫圖寬。誰解幽人意，秋山獨自看。

其四十五

峰色有無間，溪雲去復還。寫來如意處，莫問是何山。

其四十六

却道好秋凉，臨風寫太行。茅廬披蔭淺，松石挂藤黄。

半染三秋樹，斜裁八月霜。溪雲留不住，但入小詩囊。

其四十七

歲時秋復冬，初雪半消融。倦鳥移家去，山人未可踪。

其四十八

老樹隱紅墻，屏山着緑裝。閑雲回看處，禪意畫中藏。

其四十九

霧散遠山明，波平一葉輕。閑鷗栖蓼渚，不識世間情。

讀八大畫册

字怪意離奇，哭而佯笑之。後人依樣畫，三昧有誰知？

莫問爲誰酸

憶得啖金丸，安知玉齒寒。而今移紙上，莫問爲誰酸。

紅葉戲池魚

隨意多偷古，莫言筆墨虚。疏枝含别趣，紅葉戲池魚。

題煒韜山水

揮灑胸中壑，茫茫指掌間。壁游何快意，咫尺太虛寬。

新聲

讀聶紺弩舊體詩有感。

金紅三水冷書屏，垂老蕭郎陌路行。
血泪斑斑何戲謔，北荒南嶺賦新聲。

聶老舊居有號『金紅三水之齋』，用有『垂老蕭郎』一印。

寄端午

國殤不忘九歌名，粽裹波濤楚雨橫。
萬古英魂情未了，汨羅依舊棹詩聲。

輕吞吐

右手柔毫左手烟，閑情逸趣寄華箋。
妙詮偶得輕吞吐，裊裊餘香醉半禪。

小窗深

風停雨住小窗深，墻外落花何問尋？

倦蝶翩然緣舊夢，秋蟬鳴和也新音。
菩提一樹虛空院，詞翰半箋恬淡心。
畫室清幽燈染夜，青空皓漫月如襟。

和應輝兄 二首

其一

輝兄書法自風儀，兩漢先秦歲事彌。
拙樸鬱紆成古調，從容散逸亦天姿。
硯田已老情難改，五柳杳然誠可期。
相待一杯金穀酒，巴山嵩嶺兩心知。

其二

莫逆之交常憶想，古城初面正當時。
卅年風雨雄鷹搏，一夕斜陽倦鳥知。
利禄功名堪退省，華章麗典自詮疑。
三冬不盡林亭雪，緑蟻紅爐兩笑痴。

和達棣

謁白馬寺返鄭途中。

隨緣朝古寺，俗客假餘香。何道涅槃寂，心平般若長。

謝舊

又是更新謝舊時，相承舊韵换新詞。
唱酬瑶圃東風便，共拂三春不老枝。

秋感

兩年前，夫人罹病住院，余陪伴病房，苦吟消磨光陰，而今拾讀，感慨繫之。

細雨籬東秋夢牽，霜花黄葉也因緣。
偶從老夫消圓月，竟與頑童嘆逝川。
曾幾更深書硯暖，今來夜半畫窗寒。
新茶老酒安知韵，异樣心情試素箋。

一紙丹青　次韜弟韵

韜君傳得妙辭來，唱和答酬何快哉。
百里嵩邙牽舊夢，三灣伊洛蕩虚懷。
飛天幻化浮沉寄，禮佛因緣次第開。
造化推移千古事，丹青一紙出雲涯。

點將臺　次韜弟韵

曾幾笙歌滿帝城，一時沙場劍雲横。
慣看换代更朝事，終是龍旗照眼明。

花信　外一首

壬辰三月，璇濤君發來《六十韵》寄懷百里杜鵑，余凑韵謹爲律句……移居之際，心不能静也。

千里傳花信，春殘更愛憐。烏蒙雲杳杳，如意水潺潺。
風雨征程雁，清波息港船。難忘茶酒過，解帶放歌還。

外一首

輝君亦爲《六十韵》感動，即賦古律二首，更添雅興……余從韵和爲律句，難記情懷之萬一也。

疏疏寒食雨，乍住曉星稀。如意凝幽韵，龍湖化瑞奇。
落花鄰女撿，草蝶小兒嬉。獨我書窗隱，新居答故知。

和韜棣 二首

其一

舍翁原是惜花人，孤夢何求物外身。
半世雲烟如過眼，餘生倦筆更稀春。
拋將舊物痴情繫，修治新居俗累紛。
忙裏偷閑無好句，但憑諧韵滌囂塵。

其二

吾愛坐風立雪人，净心安念個中身。
一屏微信見真意，半卷閑書占早春。
樓外新紅何曼曼，案前箋素自紛紛。
墨凝清響憑高韵，最是君詞不染塵。

濟善書院品香感懷

應志軍之邀，與健强及景涵、魏輝諸君同享。

禮修善濟遠塵芳，年少佳人着素裝。
幻化十方清浄地，虚空六念轉輪場。
三巡焚馥安神舍，一炷烟綃映瑞光。
燈啓樂停驚短夢，人間幾度得幽香？

題滴水觀音

家有滴水觀音一株，静幽時水滴之音沁我心脾，遂寫生一幅，盛暑凉然也。

意花不染有爲法，勝果争攀無量心。
莖挺葉寬身自在，聲聲滴水度禪音。

投鞭鎮海

和韜棣

餓虎貪狼亂碧瀛，茫茫東海萬波傾。
經年霸國掀陰浪，末路蠻夷黷賊兵。
難忘八年魂祭酒，敢當今日血調羹。
朱旗鐵艦乘天怒，鎮海投鞭斬惡鯨。

討賊四首

和韜棣

其一

腐儒强凑句，氣宇枉軒昂。秃筆何防患，空文難正匡。
倭奴兵已舉，華國劍安藏？急盼班師日，堯天慰梓桑。

其二

蠅營將狗苟，轉手盜明枋。施計翻前案，黷兵凌舊邦。
憤然麾破霧，還爾劍凝霜。龍陣横東海，鳴弓祭國殤。

其三

東夷强竊島，血雨帶風腥。今不平妖孽，何能分渭涇。
八溟潮涌信，四海艦圍屏。萬里疆天固，巍然華夏扃。

其四

東寇八年敗，周邦半世安。幾曾重浪起，又見覆冰寒。
怒飲黄龍酒，争噇虜血餐。乾坤三矢定，笑看島山還。

贊于右任碑體草書

小易陳子昂登幽州臺歌。

前不見古人，後不見來者。念碑體之草書，獨伯循而大化。

前無古人甚是難能，後無來者亦非輕斷。余立此言，願有破者。

和友人

幽蘭誰送畫房來，三五當窗君獨開。
莫怨東風時令換，百花過眼不須猜。

紫薇

癸巳春馥萌賢棣覓得紫薇一株，移至余門前竹林旁，形神可人，因有小詩并記。

孤幹如虬伴竹栽，扶摇清影上樓臺。
東籬當解主人意，持護新紅百日開。

鵝池逸韵

節韵應輝兄《木里記行》，凑爲律句應和。

籊鱗藤癭豈知柔，朽幹腐根枝却遒。
浮石一梁螻穴淺，冷泉三尺釣竿憂。
樊籠閉鎖鷹當雀，岐路迷川魚幻虬。
韵逸鵝池何已矣，幾番歸去不言尤。

共玉函

癸巳端午，友人短信相賀，小詩回祝。

劍碧驅邪菖蒲桂，箬青裹粽酒籌添。
香囊絲索馥芳溢，諧韵敲詩共玉函。

横流一醉

諧韵新華棣。

坐風立雪愧何從，黃緑赤橙异也同。
呵筆擘箋相問學，春秋禮樂共朝宗。
欣然數載蓬門濟，苦矣一時天地空。
奈我頑愚持本性，横流一醉意湖中。

情懷

藍水岸邊裁，初弦皎皎開。煮茶摇塔影，把酒弄琴臺。
或作方圓試，權應黑白猜。雌雄争未了，一笑是情懷。

醒老禪

廿年初結夢，夢自冷華箋。冬雪摧枯樹，秋雲醒老禪。
雁行非牡牝，鶴唳似琴弦。偶問塵間事，相過也善緣。

和韜棣

慣看紅塵復厲霾，暗波障眼逐年來。
亦真亦幻非耶是，猶夢猶醒信爾乖。
月漾一規經世轉，雲横千叠片時裁。
臺前簡册多塵覆，窗外殘陽驚倦騃。

甲午元宵

瑞雪遲來酬歲首，花燈鮮少也元神。
倒寒尤覺茶籠暖，伴我書香又一春。

和志軍棣

鐘聲隱約一窗禪，月賜和光竹榻前。
亦夢亦醒難入定，燭花輕剪暈紅圓。

催柁鼓

頃接應輝兄發來《雨中丹山紀行》，諧韵謹爲截句。

正陽時節雨空濛，如意一灣縹緲中。
隔岸忽聞催柁鼓，貪看未及過飛龍。
端午將至，窗外如意湖中時有龍舟演練。

古稀初度

纖毫尺素托身安，坐撿行披興未闌。
詩畫琴書多淺酌，心爐筆炭幾裁刪。
少年識得楊湖浄，垂老方知藍水寬。
秖剩悠然恬淡事，古稀華歲好偷閑。
開封龍亭前有潘、楊二湖，民間傳説『楊湖清浄，潘湖渾濁』；余新居社區名『藍水岸』。

詞稿

玉簟秋　黄河

千古黄河萬頃濤，流盡前朝，歷盡狂飈。波翻浪涌黯魂銷，風也飄飄，雨也瀟瀟。斗轉星移又大潮，山在傾摇，水在咆哮。國人莫把盛時抛，水復遥遥，路復迢迢。

浪淘沙　夜觀滄海

夜海黯蒼穹，白浪排空，回吞九派大潮涌。陣陣天風霄漢起，蕩我襟胸。誰嘆大江東，淘盡豪雄，東臨碣石話遺踪。多少先人吟咏調，千古情同。

望江南　**疏疏雨**

疏疏雨，入夜更纏綿。清潤暗生苔徑醉，暖香初試小窗眠，春静自堪憐。

卜算子　**香殘落**

老幹着新枝，初綻花房弱。不意狂風挾雨摧，驟見香殘落。風雨不知期，花落情何薄。静待春蘇歲醒時，再補花間酌。

采桑子　**春寒夜**

畫簾輕捲春寒夜，細雨柔聲。細雨柔聲，可是花開花落情？

花前花後悠閑步，無論枯榮。無論枯榮，半是幽人半是僧。

點絳唇　**枝横插**

小小書壇，三山五岳風雲合。欲分金甲，未料枝横插。利禄功名，莫嘆魚龍雜。時風恰，是誰狂沓，斯味如嚼蠟。

蒼梧謡　**書**　三首

其一

書，茅屋空空月影虚。寒燈下，小似一迂儒。

其二

書，過眼經年倦世途。芝蘭契，安得苦中娛。

其三

書，心静神恬一室居。終生伴，聊作笑談餘。

清平樂　一曲清簫

清幽茶館，好作時光遣。小小棋盤帷幄算，盡興不知早晚。夜歸諸事無聊，平臺明月相邀。花影輕輕晃動，誰家一曲清簫。

水調歌頭　洛都

四險據河洛，天地位其中。建都當溯三代，九國是陳封。

且看青銅饕餮，更有銜魚鸛鳥，衍變緒遺踪。文物耀青史，大象嘆神工。

祭八卦，圖天馬，像神龍。傳承始祖，華夏文化百朝宗。佑繕龍門石窟，喚醒王城遺址，盛意蕩嵩峰。千古大河水，伊洛浪隨風。

清高怨　雲臺山

山雲立，溪風急，飛簾倒挂千尋壁。嶢峰裂，天梯折，神工鬼斧，化成奇絶。切！切！切！

危岩赤，寒泉碧，澄潭映照寥天寂。塵緣截，機心歇，歸心不忍，幻生情結。别！别！别！

好事近　慈勝寺

慈勝梵音疏，佛事何緣遺忘。大殿世稱三絶，有誰人瞻仰？　更朝换代去來頻，難改錦羅幌。應是重修香火，祭千年經藏。

醉花陰　山莊

錯落清泉千萬斛，小徑相追逐。水底度閑雲，鏡裏依稀，花影輕輕掬。　山莊把酒忘歸宿，夜半琴弦續。誰道不銷魂，夢斷他鄉，却是梁園曲。

滿江紅　情依舊

暮雨綿綿，州橋外，游人歸晚。看酒肆、華燈初上，小紅相喚。又是新茶傾玉佩，更兼舊釀傳桃扇。月西斜、醉酒復當歌，春光短。

汴河水，烟漫漫。情依舊，聲尤怨。滾滾波濤急，勢沉雲漢。滌盡吃喝貪攫欲，洗除污穢淫邪患。待重來、一曲白頭吟，天風遠。

蘇幕遮　終無悔

重丹唇，輕粉臂。綠酒紅燈，宴罷雙雙起。月鎖深樓窗掩閉，搶得春光，急試紅羅綺。

意微酣，心竊喜。誰道無情，夢裏終無悔。對酒當歌安得醉，游戲人生，不誤青雲第。

如夢令　段子

莫怪屏前杯下，談笑是耶非罵。上下五千年，調侃俏皮悲咤。閑話，閑話，國事庶民牽挂。

訴衷情　春韶

古城寒去草舒翹，萬物喜春韶。山河看我重整，革舊制、展龍韜。

高架路，彩虹橋，入青霄。巨樓群起，小苑環連，誰不魂銷。

山水小品

采桑子

輕寒乍暖交游少，影隻形單。影隻形單，荒澗疏林落日殘。
斜暉晚照行雲住，去也留連。去也留連，時有時無淡淡山。

陳寅恪

江城子

浩繁通鑒腹中裝，素波揚，見華章。錢柳因緣，制度論隋唐。摧陷廓清中古史，成絶響，嘆無雙。潔身自守道難忘，傲嚴霜，賞孤芳。臏足盲翁，晚事更悲凉。嶺表栖身哀暮齒，康樂屋，柳寒堂。

陳寅恪先生晚年住中山大學康樂園，曾自號寒柳堂，凄苦之境可見一斑。

八大山人

廣寒秋

自由取捨，縱横捭闔，詭妙精嚴冷峻。丹青半紙復何求，蓋今古、無須詰問。冗繁削盡，璞真歸返，正是山林隱遁。奇花怪鳥任含情，怎容得、幽懷孤忿。

石濤

玉簟秋

一劃開篇萬劃隨，就勢推遷，任意驅馳。天然出入自披紛，遠看神凝，近見精微。畫論無雙畫品垂，導引規箴，變化樞機。開今借古典經傳，一代華宗，百世清輝。

踏莎行　吴昌碩

西苑花前，東籬雨後，半依苔石青梅瘦。形神造化出心源，飛毫濡墨天工就。　大度雍容，蒼渾樸厚，一人千古神奇手。而今畫意少文人，高山仰止難言右。

蘇幕遮　黄賓虹

盡奇峰，勾腹稿。移寫傳模，古法翻新妙。擯落筌蹄心境造，杳杳冥冥，趣出山陰道。　攝真魂，遺實貌。救墮扶偏，意藴臻堂奥。萬里山川縑素抱，筆墨丹青，還看賓虹老。

青玉案　青燈伴

悠悠歲月容姿變，且洗得、烟塵面，餘韵流風相顧盼。碑銘彝鼎，遺編殘簡，好作青燈伴。　人情世故隨風轉，利禄功名亦虚誕，夢裏何愁天道遠。時光難住，歲華安得，愧對端溪硯。

浪淘沙　新更

書畫共神凝，同好同行，賦詩健筆少年稱。憶得悲欣多少事，不覺新更。　世事若棋枰，舊友新盟，新詞難寫舊時情。借得先賢長短句，鑒此人生。

長相思　**畫簾幽**

畫簾幽，竹徑幽，幽寂更深上小樓，情思去復留。
遣何憂，忘何憂，忘却人間無限愁，静看明月收。

凌波曲　**沐塵**

金杯玉樽，茶香酒温。輕敲棋子頻頻，任推陳布新。
清心沐塵，移情養真。輸赢高下何論，看形藏道存。

憶秦娥　**孤月**

冬〻蟄歇，寒風虐殺梧桐葉。梧桐葉，凋零無語，有誰傷别。

绿城道上新枝折，閑齋燈下離情結。離情結，仰天空嘆，一輪孤月。

三臺令 **盆景**

盆景，盆景，好似美人罹病。變形弱幹柔莖，扭曲天然情性。情性，情性，難得樸淳真境。

訴衷情 **糊塗**

奈何諸事太情真，情重亦傷神。都言本性難改，大小事、不屈伸。思往昔，守賢仁，反仇恩。古人經驗，學得糊塗，可否安身？

江城子　世無常

丹青翰墨有真香，半禪房，小書窗。逸興澄懷，志趣筆中藏。無奈人心多不古，身欲静，世無常。更深漫步自悲凉，夜蒼蒼，路茫茫。孤月當空，對影黯彷徨。天上人間都是夢，抬望眼，意何方？

訴衷情　意漸凉

秋風殘葉捲書窗，獨自黯神傷。都緣愛恨交錯，情未了、意漸涼。多少事，似平常，却難忘。赤誠相待，僞詐相還，最斷人腸。

醉花陰 **霜中看**

酒罷更深人未散，閑話烟茶伴。舊事莫重提，落葉秋風，都是因時變。東籬乍染新苞淺，好景霜中看。節令自輪回，待到重陽，再飲黄花宴。

相見歡 **小溪悠**

驅車獨自郊游，蕩沙洲。烟渚臨風、掀起一沙鷗。

野鴨戲，蘆花醉，小溪悠。幾許凡塵、都與付東流。

天震怒

花自落

風狂舞，雹雨驟時傾注。膽戰心驚毛骨竪，何緣天震怒。

滚滚烏雲遠去，花落未知何處。明月一鈎新作賦，忽聞嗔怨語。

莫怨東風

踏莎行

暑氣將闌，蟬聲漸老，卧聽窗外無名鳥。午閑偷看放翁詞，一懷愁緒秋來早。

莫怨東風，黄縢酒少，人空花落何煩惱。錦書再托别離情，沈園重寫相思調。

蝶戀花　秋夢淺

樓上平臺天上苑，天上飛花，樓上卿雲伴。回看竹籬枝葉蔓，斜暉疏影情無限。　棚下憂思花下戀，花下蟲鳴，棚下痴人嘆。怕有來時秋夢淺，霜寒風冽芳塵斷。

搗練子　渡頭

淮水静，渡頭幽，小憩横篙一葉舟。隔岸柳烟疏影淡，數聲蟬噪不知秋。

蝶戀花　**舒柔翰**

燈火闌珊秋夜晚，涼意徐來，窗下舒柔翰。斷簡殘碑幽意遠，教人何處尋章典。　品鑒難能憑法眼，字内功夫，字外蘭亭看。風雅文華精義案，誰疑千古臨河宴？

相見歡　**枉怨霜秋**

性情本自乖殊，恕頑愚。枉怨霜秋，何話插茱萸？　古瓦缶，菊花酒，是當初。歲復重陽，難憶故人書。

醉太平　唱閑

秋花乍寒，書閣暖還。一簾明月調弦，且吟安唱閑。

輕鋪素箋，重臨舊篇。痴情不讓前賢，又誰能占先？

洞仙歌　蘭亭契

樓臺上下，正紅柔緑軟。明月清風醉書案，會周秦碑版、兩漢文章，游於藝，自是情高意遠。

昔寒窗九載，紙墨三千，磨透端溪舊時硯。且看道如何，水遠山高，蘭亭契，還須勵勉。待等得春風再來時，應華韵當窗，别開生面。

憶真妃　歸思　二首

年值花甲，學棣們欲來京祝賀，余婉言謝絶，情思却難放下。

其一

隔窗雨打新樓，夏如秋。幾點西山、回看暮雲留。
客游倦，歸思亂，是鄉愁。世事塵緣，情字幾時休？

其二

夢回故里如真，會同人，别緒離情、携手話頻頻。
歲華變，重歡宴，義尤淳。共勉來時，當永據於仁。

滿江紅　憶臺灣光復

東海茫茫，狂風起、濤驚岸裂。望寶島、千峰怒捲，萬流哀咽。忍看山寒狼噬骨，可憐林薄鴂啼血。永難忘、四百萬同胞，傷離别。

馬關恥，肱屈折。家國恨，誰來雪。看東方獅醒，萬千英烈。阿里山巔揮劍戟，長城脚下擎麾鉞。慰蒼天、除盡小東蠻，烟塵滅。

廣寒秋　示小泉日首

小泉日首，離經叛道，神社孤魂死守。居心叵測世相欺，更褻侮、邦交鄰友。

家仇國恨，傷痕未撫，歷史豈能割剖。君看崛起大中華，待明日、摧枯拉朽。

浪淘沙　**賀『神六』飛天**

初雪箭光寒，玉體銀冠，飛船轉瞬九仙寰。當與吴剛花下醉，天地同歡。　借爾問夷蠻，誰敢輕看，中華昌盛固如磐！一曲長歌揮劍唱，萬世江山。

廣寒秋　**悼巴金**

天將悲曲，心傾血泪，送別人行無數。玫瑰花碎吊英魂，望歸路、瀟瀟雨苦。　敢書真話，何須懺悔，大義爍今震古。萬言隨想耐深思，更不朽、激流三部。

憶江南 **隨園三疊**

隨園好，得意小倉山。溪過樓臺澄似練，烟回竹徑翠如環。何處勝隨園？

隨園記，官舍幾時閑。一石一花多有我，所成所弃半分天。學問治隨園。

隨園話，前後幾回看。意快情真今古事，才華智睿縱橫篇。備矣盡隨園。

采桑子 **夢也林泉**

試茶博弈消閑夏，竹影松烟。竹影松烟，興意闌珊枕石眠。

夜來客舍人初静，夢也林泉。夢也林泉，淡月疏桐不了緣。

浪淘沙　共話良儔

接友朋電話、短信賀我六一生日，因寄此調。

好靜鎖層樓，夢也清幽，鵝池蕉葉自春秋。電信忽傳生日禮，情動心頭。　把酒望中州，共話良儔，短吟輕唱且相酬。萬里關山敦誼在，捨此何求？

江城子　九寨溝

丙戌秋，應輝兄邀王鏞、沃興華、黄惇與余參加四川北京書法雙年展，得游九寨、麗江諸名勝。

分明造化轉仙寰，九霄摶，碧虚寒。水下嬋宫，天上映龍淵。尤見戈嫫情未了，長相守，不知年。　神山聖水豈非緣，有無間，此中看。且作山鄰，幻境自超然。一縷新泉隨浪去，芳草海，細漪連。

戈嫫：傳説中達戈男神、色嫫女神二山。芳草海：九寨溝衆海之一。

南樓令　麗江

千古白狼津，蠻夷未忍分。樂三章、歸義盟文。玉璧金川天意合，茶馬道，納西人。　黑白水河親，四方街巷堙。舊瓦房、輕喚東鄰。最憶東河尋小鎮，年少女，古風淳。

白狼即麗江，東漢有『白狼王歌』三章，記載南夷歸化漢朝史事。玉龍雪山脚下有黑白二水匯流。

南樓令　**三蘇祠**

雲嶼伴詩翁，墨池吟八風。看古今，曾幾豪雄。相嚮青天同把酒，三父子，世人宗。　誰嘆大江東，嬋娟萬里空。鶴南飛，眉嶺情濃。木假山前枯柏處，堂殿在，曲難終。

搗練子　**冷茅亭**

蒼黛淺，落紅輕。斷續霜風峭石凝。人去山空天籟寂，長雲細雨冷茅亭。

鷓鴣天　**休惜别**

秋雨斜侵素翼寒，霜花尤怨舊時顔。幾時空坐朱簾冷，長夜銷磨緑酒殘。

休惜别，且達觀，何如夢蝶托身安。書房作伴無今古，瑶草仙葩任我看。

鷓鴣天　**苦春回**

玉潔冰清豆蔻胎，半遮半掩淺深開。等閑蛺蝶隨芳去，不意東風帶雨來。

花寂落，苦春回，無情時令幾相催。田家莫怪詩翁惱，收拾香塵入酒杯。

少年游　**心如水**

少時曾記，包公湖畔，情托小橋邊。今來何處，層漪斷續，相看是幽蓮。

且傍石欄參明月，摩鏡洗清泉。不見華塘摇香雨，心如水，去塵烟。

行香子　**幾度層樓**

幾度層樓，别緒心頭。怕消得、東水西流。輕雲乍斷，薄霧初收。更客情寂，痴情隱，素情幽。

隨緣來去，慣看沉浮。烟霞處、莫道閑愁。何言遺恨，恰得歸休。願雲將月，花將草，水將舟。

玉壺冰　春風老

丁亥春，與健强、新華驅車鄢陵，得臘梅兩株，其中一株僅剩殘花一朵，清姿别具。

新枝避讓柔情繞，却道春風老。殘容孤影有誰憐，萬畝一株求得豈非緣？　何言高士烟塵吐，徒羡清虚古。修枝培土細扶持，我自淺斟輕唱惜花時。

減字木蘭花　丁亥仲秋

秋英解語，何任幽思隨月去？去也纏綿，願藉高風共玉欄。　危樓獨立，南曲細聽音半澀。澀自堪憐，袂拂霜塵小令填。

憶秦娥　清秋露

瀟瀟雨，疏窗又見清秋露。清秋露，幾曾冷熱，却言如許。

夢痴何顧時光仁，絲弦久置琴臺古。琴臺古，空留别韵，悵然無語。

好事近　一窗清影

薄霧隱高枝，半透淡花殘迹。留取一窗清影，歲盡堪憐惜。

莫言往事莫言愁，安得四時易。相待化開春凍，看小園澄碧。

雙紅豆　空結儔

汴水悠，金水悠，烟鎖長橋春復秋。別舟未肯收。
茶難休，酒難休，玉盞冰壺空結儔。茫然已白頭。

搗練子　別懷縈

戊子春節，新華送我臘梅一盆，因有此調。

寒蕊淺，瘦影横，隱隱幽香過雪庭。逸趣閑情敲素韵，
端溪池畔別懷縈。

和煒韜棣

雙調南鄉子

夜海路遥遥，悵怨何憑侍鵲橋。憶得幾回花下醉，春嬌。無奈霜天染月梢。　夢裏也妖嬈，緩帶秋衿快意翱。斷續漏鐘音未盡，香消。一樹晨紅挂嫩條。

與趙曼并諸賢棣

高陽臺

春雨催詩，秋花諧韵，融融厚意真情。桃李芬芳，蹊前又序新庚。文章道德同人勉，感諸賢、篤守躬行。幾回看、愈見靈奇，愈見清澄。　丹青翰墨尋常事，但修身養性，莫重功名。史策千秋，誰人争得輸贏？平心再續同人卷，六合開、霞蔚雲蒸。更相期、天地無時，風雨同榮。

滿庭芳　共和國六十華誕

滄海桑田，共和大治，典禮花甲堯風。巍巍華夏，青史耀蒼穹。中道幾曾坎坷，母傷痛、子更情衷。卅年過，同舟共濟，業建補天功。　從容。看世界，蕭條經濟，頻擾兵戎。且化作殊機，消解嚴冬。不捨親情骨肉，更籌轉、兩岸和融。當來日，國强民富，笑看萬方同。

一叢花　己丑中秋

誰扶桂影渡霞津，情托夢中身。茫茫夜海舒雲袖，怎消得、幾許嬌顰。星漢昊空，瓊樓畫棟，何怨界凡塵？　且將玉液潤香唇，天地共良辰。清弦慢拂翩躚舞，莫教那、花隱羅裙。

燈火未央，琴歌尤競，詩酒最銷魂。

霜葉飛　高士飲雪

讀韜棣九疊霜葉飛，感而湊合一首。

淒風初度，尤聞得、絲絲清氣如許。冰心只有曉寒知，漏半憐相與。莫説那、橋邊驛外，淖泥殘雪情依故。便落成空幹，怎奈是、東風獨立，慢看花圃。

誰道疏影横斜，暗香浮動，月臺池畔輕步。文人騷客自多情，猶試凌霜賦。嘆處士、風懷滿袖，孤山梅苑盈相顧。秦女懷、香魂泪。不盡幽思，枉生酸楚。

元好問有句：機中秦女仙去，月夜梅花晚開。

鎖窗寒　移思

燭影茶烟，屏幃玉案，晝簾輕閉。相猜左右，坐對一枰初試。手輕彈，點刺跳飛，酌斟進退行還止。似點兵沙場，風雲莫測，各施心計。　移思。輸贏制。看曠古名篇，素心開示。如收若放，避讓騰挪由自。更何當、天地戲游，幻塵坐隱談笑指。嘆相侔、妙理玄端，哪個明真諦。

瀟瀟雨　聶紺弩

正凄風楚雨鎖霜天，長夜夢歸人。但蒼冥幻出，依稀陌路，北起征塵。不盡落英衰草，荒漠漫殘曛。茅屋寒燈下，孤影隻身。幾度陰曹鬼府，看不離不即，義正情真。嘆辛酸也樂，俯仰

出奇文。思何曾、糞池瓢把，更幾回、合米折腰頻。平常句、
舊詩新境，超邁殊倫。

千秋歲　元夜（和璇濤）

古城春晚，寒雨凝冰霰。元夕夜，銀盤暗。心隨蟾桂去，
夢也吳剛怨。憑欄顧，危樓四壁何排遣。　雨霽高朋喚，
酒洌花燈暖。詞賦出，真情見。更紅裙粉黛，歌舞聲聲慢。
闌珊處，兩三烟火雲天伴。

渡江雲　汴京（步韜棣韵）

滄桑成故史，夢華蕩盡，千載復何來。嘆中原逐鹿，賊寇王侯，哪個不塵埃。夷門俠士，信陵君，安會蓬萊？祇剩下、三賢聚處，好個古吹臺。如埋。陳橋兵變，易幟更新，念趙祠猶在。楊湖清，州橋春暖，國寺雲開。幾曾燈火樊樓上，靖康難，烟雨頃回。俱往矣，浮空漫漫無涯。

相思令　庚寅清明

別泪新，燭泪新。別泪奈何今日禋。親情隔幻塵。
石上痕，心上痕。石上心中難解分。依稀世外身。

燕山亭　**讀王蒙《青卞隱居圖》**

林木蕭森，雲水緩摶，應是僧蹊相近。憑結草廬，息掩柴扉，山遠自藏高韵。曾幾拋官，嚮黄鶴、安尋歸隱？空憫。又何故金陵，枉留孤忿。　堪嘆不朽丹青，更青卞奇圖，匠心神運。重嶺復山，借景移情，初志宿懷難泯。老樹横雲，誰意得、香光精論。推引。還有那、千秋畫本。

滿江紅　**步岳飛韵**

聽《臨安遺恨》古箏曲感此。

鐵騎金戈，驚回夢，幾曾行歇。天地晦，痛哉青史，愴然英烈。孤冢沉堙仙鎮土，荒祠漫漶樊樓月。但留得、一石舊碑銘，何凄切。　金堤柳，長亭雪。思未斷，情難滅。
撫臨安遺恨，金甌殘缺。琴古尤彈鵬舉泪，弦張重拭靖康血。
與君聽、一曲嚮天吟，收空闕。

醉太平　踏青（步辛稼軒仄韵格）

岸斜水遠，灘平緑淺。旱沙無意春風軟。但虛空漫捲。
誰家少婦輕羅暖。飛絮落，花簪滿。欲拂柔條又嬌懶。或芳
春恨晚。

了悟 廣寒秋

屏山隱現，水雲散逸，但見小舟輕渡。綠陰幾許掩茅亭，好一個、悠閑去處。相參經緯，戲游天地，慢笑紋枰計數。裁分勝負又何如，更豈在、今朝了悟。

藏真 南歌子

北嶺灣灣水，南山漫漫雲，陰陽幻化細相分。寫得幾間茅屋，可藏真。

南歌子 **壁游**

瘦石憐高樹，孤雲好冷泉，虛空半紙也因緣。老夫壁游山水，似修禪。

南歌子 **素心**

古木輕華歲，幽蹊戀舊踪，嶙峋怪石笑高風。試問千秋繪事，素心同。

搗練子 **問秋圖**

研舊墨，試新紅。樹石烟雲玩味同。莫道個中情不古，三秋冷暖問虛空。

搗練子　幻秋圖

陂水緑，梓桑紅。幾縷閑雲來去風。小憩山家何處是，烟蹊深處一仙翁。

搗練子　醉秋圖

林木古，净庵從。峭壁斷崖旋紫穹。會意寒烟三徑晚，夕陽半嶺醉秋風。

水調歌頭 **世博開幕**

烟火映天宇，花影動江春。千旗百舸争渡，雲水耀龍鱗。曲譜凌空光電，彩序相諧禮樂，儀典八方賓。一幕上河卷，曠世震寰塵。

百年史，萬國會，嘆殊倫。何時曾幾，藍色多瑙費推循。轉瞬文遷數字，或入太空時代，遠夢怕縈魂。但願同涼熱，四海瑞雲臻。

擣練子 **題健强《靈山望雪圖卷》**

卷跋中志軍有此調，遂步之。

禪雪净，法雲空。幾樹松烟隱古鐘。何處梵音何處寺，幽蹊借問抱琴僮。

南樓令　**桂園雅集**

余六六生日，諸學棣及世信等老友并夫人、凉雨、雪芹賀聚黄河游覽區桂園，其禮彬彬，其樂融融。其間張達主持，曉林、煒韜、志軍分作儒學、詩詞、佛經講座，更得學術之交流、文雅之盛集。即興小詞難記情景之萬一也。

掩映見邙山，桂園何適然。會同儕、自是因緣。雅韵盈觴文典濟，人將醉，我難眠。　夢裏也纏綿，詞歌沙岸邊。和濤聲、輕叩船舷。不盡長河情未了，風助浪，水承天。

青門引　步韜棣韵

倦筆消淫暑，抒寫一簾雲暮。知時好雨度微凉，青燈静影，不覺塵思住。　紋箋素硯重分付，小酌心中句。幾回屈指拈笑，依稀故事花傳語。

浣溪沙　步韜棣韵

落盡繁華歲事更，倦游路半覓歸程，浮生若夢恃何憑。
緑酒紅燈欺世味，凄風冷雨亂秋聲，老翁一醉不知醒。

南樓令　有感國新拜師并與諸賢棣

硯古舊情留，墨濃意更幽。引興長、重寫南樓。喜我門前新竹翠，層陰處、夏如秋。　幾次話良儔，友師當等侔。本因緣、志趣相投。同此人生同此路，中道在、共清修。

長相思　賀南丁先生八十壽誕

意樸淳，韵樸淳，一代文風洗硯塵。玉函世所尊。　人本真，情本真，八十仙翁自在身，還期歲序新。

滿庭芳　和璇濤

有感璇濤有意力助輝弟重修法雲寺。

孤影僧尼，炷香幾許，梵音暗動愁腸。千年古樹，枝葉嘆滄桑。零落殘碑斷碣，怎映得、佛幔神光。空空是，一朝了悟，法事内心藏。　端量。緣自在，寺源重續，托起天罡。善舉菩提境，當現輝芒。同夢寶蓮華雨，大智慧、還賴君匡。鐘聲外，浮生一世，愧我半禪堂。

鵲橋仙　步韜棣韵

層雲弄月，輕烟攀桂，誰捲一簾遲暮。小樓不意話當年，莫非那、晚凉生處。　歲華如待，枯春將半，更憶舊朋新侶。

良辰自在月圓時，與君醉、何尋歸路。

憶秦娥　和璇濤

西南路，黔山别秀三秋樹。三秋樹，霜縑繞夢，遠思尤度。
征程萬里回看處，新帆揚起凌波步。凌波步，中流擊水，誰爲砥柱。

秋夜月　酬答友人重陽短信

秋花落盡閑愁，帶霜收。過夢重陽初月韵清幽。榮枯易，平常事，作何求。自有茶烟詩話醉南樓。

蝶戀花　煒韜子妍新婚之賀

淑静嬌妍花欲避。養晦韜光，書畫詩文寄。紅葉留題天作意。一池柔水蓮雙蒂。　韶景良辰成大吉。琴瑟相諧，願合平生契。來日騰飛當比翼。横空占取風雲際。

畫堂春　元旦

毫凝墨澀紙難乾，畫房疏影燈寒。半窗枯葉晃冰簾。相顧兩無言。　轉盼東風早送，韶陽助我開軒。千紅萬紫入瑶函。敲字續新篇。

感恩多　**答漩濤君**

幾曾歌賦事，今作相思字。夢來多舊醅，共金杯。不覺寒深歲盡，半窗梅。半窗梅，緑嫩紅嬌，好時分與誰？

清波引　**冬夜漫步**

一灣冷浦，但屏得、數行凍樹。影摇衰暮，燈昏不知路。舊苑依稀在，品味難言甘苦。可憐幾次回頭，抬望眼、是何處？　雲羅凝固，嘆長夜、星漢慢渡。老天知否，塵緣亦如許。堪笑情難了，歲事漠然來去。只留半紙清詞，向誰傾吐！

十六字令　人生雅事　八首

朋友轉發短信『人生八雅』，將七大樂事加了個『花』字，另生別趣，因和答。『畫、酒』二首凑以仄韵。

琴，流水高山自古今。紅塵裏，何處覓知音。

棋，避讓騰挪亦化機。逍遥事，莫要論高低。

書，十載寒窗道不孤。通融處，應是有還無。

畫，丹青翰墨當瀟灑。到頭來，童心玩造化。

詩，自在天然是好辭。個中趣，獨有素心知。

酒，三杯下肚雌黄口。兄弟情，此時無也有。

茶，淡淡幽香繞暮紗。人將醉，攸處已忘家。

花，一笑輕拈日已斜。何言道，芳草遍天涯？

花非花　辛卯元夜

花非花，樹非樹。萬户燈，家何處？聲聲爆竹唤人回，却作青烟消散去。

滴滴金　題散老手卷

天風淡蕩摶蕉紙，縱横處、方圓是。能揚能弃自悠游，道化堪如此。

內藏精氣外藏迹，天人合、復平易。試看今古幾經綸，一代生花筆。

燕歸來　四方蓄志

頃接璇濤君發來好詞數首，試和其一相答。

巴烏短，蘆絲長，静夜訴南疆。龍湖烟柳幻他鄉，一曲九回腸。

百姓情，家國事，不懈四方蓄志。山高路險水蒼茫，還賴力擔當。

歸自謡　春已暮

春已暮，緑草黄花將老圃。和風細雨消安步。鄉人數歲情如故。虛辜負，兩間茅屋沙洲路。

一剪梅 **辛卯端午和璇濤君**

欲染蘭縑鐵硯枯。古調初諳，情意難書。箬青裹粽酒籌添，未盡清吟，夢復相娛。　鬧市何妨五柳居。半結禪緣，半渡江湖。出離自在本無形，收也如何，放也何如。

千年調 **和璇濤君**

芳酒過中宵，輾轉扶屏卧。不意生來别夢，是耶非我。奇葩异草，欲向仙人索。却道是，顧難如，終隱没。　浮生一世，淡泊又何若。慢解拈花一笑，究竟因果。隨緣自在，參半禪堂過。扶文案，侍丹青，情勿迫。

臨江仙　釋緣

辛卯夏，諸賢棣會聚白馬寺，借賀我生日辦書畫展并佛教與藝術研討會，題曰釋緣。

白馬神行般若，騰蘭覺幻空明。西天東土化因乘。千年興古寺，四十二章經。　幸得釋緣今再，同人雅會躬行。梵音唄曲洗心聽。世塵當有悟，真性自華清。

騰蘭：古印度高僧迦葉摩騰、竺法蘭，東漢移錫寶剎，譯四十二章經。

壺中天慢　次韜棣韵

心香一炷，但求得、四諦法輪常轉。無念無爲清净處，道是虛空最滿。翰墨丹青，詞章文論，序次華英選。禪機明悟，格標當守高遠。　聞或白馬悲鳴，章經安在，碣石苔紋淺。

變幻飛行天地動，俯仰一尊金軟。六道輪回，涅槃相續，般若方周遍。梵音環繞，半窗輕入松館。

醉翁操　次璇濤君韵

有感陳炳德總長會談馬倫。

南窗，端量，冥茫，動剛腸。鷹揚，長空萬里慨而慷。看我倒海翻江。亂世匡，大翼自輕翔。律就龍文雲漢章。不離不即，器宇軒昂。幾多痛史，霸道欺凌怎忘！大國何堪驕狂，小國何堪爲倀。從來華夏疆，安容伊鞭長。四海若金湯，有君把劍徜且徉。

鵲橋仙　次璇濤君韻

幾多七夕，幾多守望，曲榭疏林空翠。醒來一笑夢中人，却道是、怎能相會。披襟把酒，臨風唱和，怕是另番滋味。似真若幻倚虛窗，漏將盡、誰來消寐？

甘州調　次韜棣韻寄璇濤君

時辛卯秋初，貴州大旱。

任瀟瀟淫雨透疏窗，乍秋竟輕寒。想南疆邊堠，秧田久旱，杯水難寬。幾度夢中思緒，披挂左征鞍。却付黔山月，空影盤桓。堪嘆男兒七尺，勵八方素志，心繫鄉關。取麻陽千仞，月鏡吐龍涎。且笑看、回瀾赤水，更張琴、梵净自悠然。輕歌處、冷烟霜幛，消散眉彎。

水龍吟　次韜棣韵

冷窗半掩臺樓度，誰怨月孤雲杪。中秋時節，何如結夢，仙葩瑶草。似水年華，又何辜負，黄花初老。念舊友新朋，徘徊幾許，清幽處、烟塵表。　來路幾曾冥杳，意闌珊、噪音漸悄。青燈問禮，禪堂洗硯，但求心到。無念無爲，非修非證，焉知多少。只貪看、小苑籬東，一縷夕輝斜照。

阮郎歸　次韻韜棣《中秋無月》

連天淫雨晚涼初，陰晴也淡如。情緣塵事漸模糊，歲華由自徂。　桂花酒，共誰歟。歌吟何曼殊。嬋娟杳杳影虛孤，憑欄尋却無。

壺中天慢　次韜棣韵

古稀在望，嘆人生一夢，恍如游戲。却看道中名利客，趨競誰曾息止？愧我頑愚，側身清浄，禪定情何底。莫慚家室，幾多疑問怨訾。　又是秋葉紅時，霜風乍冷，問黄花開未？但得暮山雲宿處，獨醉寒泉而已。回夢新詞，難磨舊硯，竹筆尤勞悴。何如放下，盡還因應緣起。

夜合花　**和璇濤君**

暑往寒來，今猶古是，莫論天地玄黃。浮生半世，風塵幻化摶揚。步舊制，復低昂。嘆輪回、轉換陰陽。幾多詞句，幾多潑墨，可是佯狂？

虛道與影成雙。當憶龍湖若畔，酒洌茶香。書屏畫幔，交相璇韵輝光。同和曲，滿華堂。與難盡、笑看餘觴。無問離別，夢中尤醉，邊塞調簧。

生查子　**和韜棣**

滔滔江水流，落木循無已。緣復浪波平，杳杳西來葦。

浪波暗石生，何作舟中指。若得返源頭，此岸當如彼。

滿庭芳 次璇濤君韵

風老秋花，雨殘黄葉，雲横漫漫霜天。書窗半掩，烟霧更空穿。衹有舊時墨硯，幾張紙、小可偷安。調和出，高山流水，溪外也潺潺。　情間。曾記得，書題紅豆，夢托芳園。却終成身外，卸甲歸田。憔悴中原倦客，拈花笑、可是修禪？紅塵事，浮沉幾度，誰悔解雕鞍？

長生樂 有感『天宫』『神八』成功對接

杳渺千年夢太空，今得坦途通。笑看『神八』，萬里覓『天宫』。壯矣含情天吻，離合雙重。嫦娥知否，但見翩翩舞高風。　人間天上，競幾金鏞。回聲曲調安同？弦指外、素韵更從容。

顧酬仙羽神劍，把酒祭蒼穹。

憶秦娥　和璇濤君

愁離索，雲天萬里霜風惡。霜風惡，橫掀爐片，倒翻簾角。

誰憂寒水蟲魚泊，獨憐烟雨殘紅落。殘紅落，香凝經卷，恰儔清寞。

別銀燈　辛卯初雪

誰個安排雨歇，換作淩風飛雪。書案幽冥，畫燈昏暗，曾記茶窗映蕭墻如設。對空愁結，又何怨、層雲隱月。

香酒冽，昨日賞花時節。琴韵低徊，炷香猶在，却道情疏緣絶。
廣陵横折，莫再嘆、弦非調別。

八聲甘州　和韜棣

對廉纖暮雨鎖書窗，影暗更凝眸。嘆冬來秋去，黄花昨日，
難見層樓。撥弄幾聲新調，弦指復疑猶。不意闌幹外，東水
西流。
　三省真如幻境，思幾曾化蝶，换作莊周。願忘同
物我，塵世待從頭。感輪回、時光倒轉，托杜鵑、望帝亦情柔。
驚回夢、人間天上，不勝綢繆。

李商隱有句：莊生曉夢迷蝴蝶，望帝春心托杜鵑。

摸魚兒 次璇濤君韵

嘆難消、硯凝池沍，絲絲風緊爐節。隔窗强作梅花引，清冷一鈎斜月。搜剔切。見道是、萼紅自傲林亭雪。香魂慢折。待冬去春來，東風依舊，誰與幻塵絶？

平生事，怎好回頭細説。銀絲憑却先發。老來尤戀新時調，默默夜彈心徹。弦自咽。又何故、清辭麗句歌三疊。東籬空設。想昨日黄花，素枝猶在，緣是草根結。

春光好 與君從

消冰沍，化元風。釋三冬。偶憶去年今夜雪，醉禪翁。

凍笋輕舒嫩箭，春花小掩羞容。好景良辰當早設，與君從。

陽關引　醉琴

辛卯歲尾，同人雅會：時賢曉林、劉君講授古琴知識及相關國學；劉君復操琴數曲，尤將拙詞行香子譜曲彈奏，宗利梅女士伴唱……余感懷至深，因有此調。

燭映焦桐皙，腕起龍池澈。依稀過往，平沙雁，陽春雪。嘆高山流水，一曲橫琴折。念歲華、千古結夢度三疊。焚麝輕回幔，君意切。調行香子，陳情訴，怕新別。禮樂中和館，韵素禪窗月。但願求、良宵共醉此清節。

雙紅豆　三亞即興

天不同，地不同，北國冰封三九冬。此間長夏中。冬也榮，夏也榮，候鳥依依來去踪。知君情更鍾。

好事近　海灣散步

碧海浣銀沙，隱約小舟情侶。點點草亭南客，共椰林花嶼。

也曾經過幾繁華，疑却夢中聚。願此追波逐浪，任挂帆天宇。

南鄉子　三亞灣

漫步碧灣從，花海椰林醉眼封。鱗次翠峨多隱約，雲踪。新夢回看五指峰。

南北念情中，參化因緣意自同。萬頃瓊州天賜我，高風。一任來年乘玉龍。

南鄉子 **次璇濤君韵**

道起南山晨，古寺鐘聲天際聞。百丈蓮池靈露見，幽身。紫映蒼雲日月吞。　北海浪摶塵，化鳥南溟豈效顰。回夢忽聽歌一曲，尤純。瀟灑超然世外人。

八聲甘州 **和韜棣**

望透迤疆海水天融，瑞靄吐還吞。數仙楂神木，緑迦金葉，無盡盤困。澤潤横峰斜岸，花樹四時新。芳雨神仙嶺，五指卿雲。　驚夢千年故史，嘆英雄揮鉞，路馬征塵。想五公蘇軾，囹圄也賢賓。冼夫人、安邦經略，海青天、罷黜是何因。天行矣，開來繼往，再舉清樽。

五彩結同心　五指山

步古人無名氏仄韵格。

雨林當户。斜落池泉，換作小溪牽路。深谷仰天徑，三千仞、雲隱五峰何處？异花奇樹濃陰過，浮光細、相移輕步。尤開合、翠屏回疊，一縷柔烟問度。幾間草廬幽住。忽疏櫨映月，母仙來去。捧取蕉葉果，遂拈得、隔幔暗生香霧。露華散逸芳猶在，復澤洞、因藏心緒。時何許、笛鳴山道，祇怨驚醒夢侣。

漁歌子　和友人

海映嬋娟分外嬌。龍年瓊島度元宵。天籟静，且相聊。

人聽蟾曲月聽潮。

洞仙歌　博鰲（次韜棣韵）

大潮起落，演繹何爲者。東嶼沙坡却縈惹。最風情、九曲龍滚相牽，三江口、偌小漁村競駕。　遥遥龍女事，鰲搏三秋，雲涌波翻赤鯨嗄。玉帶阻南歸，浪息金牛，誰憶得、横流鱗甲。又潮起、萬泉匯瀛寰，不我待、時空正堪天借。

粉蝶兒　次韜棣韵

寂寞荒園，幾多裸枝亂杈。影空空、莫名生怕。忽狂風，

苔徑淺，恐將青殺。嘆新春、梅老更憂身價。　且掩書窗，
茶烟未嘗閑也。暗香凝、清幽却惹。夢中人，偏幻出，月前花下。
化蝶乎、換個自由瀟灑。

八歸　和璇濤君

龍湖測度，南疆遥想，應是凍雨初歇。輕寒乍暖中和至，
誰作緑茶紅酒，悠悠情切。赤水黔山環繞處，别夢裏、聲聲
清絶。最喟嘆、萬里邊關，總思憂雙疊。　曾幾風鳴谷應，
詞問詩外，筆炭心爐尋缺。奈何囊澀，韵殘神倦，故事塵勞
安竭。但疏風細雨，淺影濃陰問清節。蓬門裏、竹房松牖，
小數楸枰，偷閑翻貝葉。

逍遥樂　『夢蝶追想』文後

求證幾條文字。補補修修，將就小篇懷釋。故事遥遥，又復何緣，倦蝶重開雙翅。舊情追思。本心真、覺醒俄然，顧回初始。看月隱輪虚，缺圓由自。無限江山行止。幾曾登臨舊是。綿綿爾中我，天意會，付於紙。青燈畫影静，收取一庭文質。茶烟笑談天道，華胥何指？

滿江紅　和璇濤君

細雨綿綿，何緣起、夢回故宅。逢社燕、春風輕語，畫檐柔勒。溪水凍開流復疾，池梅謝落香尤迫。重打理、花徑啓蓬門，誰爲客。　杯空度，憂座寂。山叠隱，難爲陟。

對青燈靜影，幻聽南笛。梵净山深雲化露，南明壩淺朱成碧。但何如、一曲醉鄉音，常尋索。

定風波 **黄岩島**

四海卿雲半面遮，陰風逐浪覆南沙。蝦蟹鰲鯨攀怙恃，奇詭。蚍蜉撼樹擾中華。　億萬龍人何恚忿，難忍！黄岩諸島豈容他。衛國保家當亮劍，强戰！男兒壯志在天涯。

定風波 **釣魚島**

倭寇經年幾獗猖，敗師代管欲偷梁。算盡機關渾水攪，

凌島。鼠賊叫買更荒唐。　華夏河山當統系，天計。殘烟
自有大雲匡。東海茫茫堪信步，橫渡。揚旗列艦祭炎黃。

合歡帶　次韻韜棣并賀令嫒誕生

雛聲清，鳳落詩家。梧葉碧、滿枝丫。華屋續燈添彩帨，
是新生，毓秀蘭斜。欣聞喜報，舍翁同此，和樂無涯。易雲裳，
待得閨房圓月，醴酒當加。　芙蓉出水，珠玉入盤，天然
綉繪描搽。縑素移香還蘊粹，嫡親緣、自是無瑕。六經五典，
玉尺冰壺，當似你她。青藍許、英才發越，超然勝若仙葩。

洞仙歌　聆韓磊先生演唱寄懷

心中所有，化永恒呼喚。回望天邊覓鴻雁。酒醒時，醉境還在心頭，尤追夢，今夜真情永遠。人生多風雨，花爲誰開，至愛無言托詞淺。朗月素心如，浩浩乾坤，歆等待、百年華典。更千古英雄浪淘沙，看獨劍擎天，氣吞霄漢。

定風波　贊書禮登珠峰

用坡翁沙道遇雨韵。

崗曰拉齊故國聲，而今書禮踏雲行。輕束戎裝尤秣馬，何怕。取登中極壯平生。婷婕賓阿驚夢醒，安冷。消融快雪女神迎。多少英雄天問處，歸去。水晶宫外萬峰晴。

珠峰古稱拉齊崗；地球南北兩極，珠峰位中至高，因稱中極；珠峰之五姐妹峰古稱賓阿；拉齊崗另有長壽女神之謂。

獻仙音　讀《維摩詰經》

千古輪回，特行塵世，一樹菩提承接。玉鏡銖衣，相離言斷，人間佛機先攝。嘆七寶旃檀閣，宗經耐思切。對斜月。又曾聞、塔標孤影，杯度鉢、緣起復如緣滅。錫雨伴飛花，幾回聽、凡曲仙節。世界三千，有誰能、塵事横折。冀維摩清境，衹是餘生欣悦。

滿庭芳　解帶才賢

余六八生日，同人諸賢賀聚環翠峪，因有是調寄懷。

解帶才賢，披襟摯友，化轉浮戲空明。青藍相許，新韵自華清。禮樂和同數載，常有愧、點墨難承。羞辜負，執經問字，立雪待虛程。　衷情。門内外，雖師亦友，願此偕行。更茹古涵今，業敬平生。漫道遥遥世路，紛塵裏、氣静神平。經年看，幽通玄理，中道化機衡。

少年游　步煒韜韵

幾回物是怨人非，醉夢醒來遲。情事難雙，度行唯一，南北幻東西。　青襟獨步林烟暗，幽徑亦相違。淫雨瀝殘，逆風凄楚，明月總無時。

醉花陰　**騰格爾**

超逸率真追質樸，更五音標獨。氣韵出丹田，動魄銷魂，別調心相續。　輕雲快馬金華牧，任小溪追逐。最戀是鄉情，三日迴梁，好個天堂曲。

鎖窗寒　**夜半風狂**

夜半風狂，雲深雨急，老天如此。花殘葉破，木本奈何由是。逼空窗，三伏暑中，一絲冷氣穿虛室。惑無常時令，炎凉相嚮，篤懷何指？　休思。塵勞事。嘆半世人生，硯池繭紙。魚紋隼尾，性鈍情痴憑自。笑當今、江月鏡花，風流一夢都妄識。但消磨、曲徑孤桐，步杖拈空字。

和璇濤君

雙調江城子

忍看釣島逆風狂。伏豺狼，窺華堂。病發東夷，艦炮肆加戕。更有西曹玩慣伎，謀亂局，助賊殃。　扶危最憶戚南塘。怎彷徨，慟滄桑。更待何時，華夏示剛强。羞對八年凌辱史，同喋血，永難忘。

雙調南柯子　**和韜棣**

雨住新涼淺，澄湖間沌潦。輕舟一葉似浮匏。誰在個中、隨浪任情漂。　忽憶兒時燕，雙雙引綫消。紙糊雲夢托何巢。回首難堪、誰道有來朝？

滿江紅　**諧岳鵬舉韵**

霧鎖東洋，傾惡浪、狂風未歇。重逼我，血磨刀筆，抗争義烈。嗟嘆琉球麾暗日，安容釣島塵遮月。莫忘了、事變柳條湖，徒哀切。　民族耻，何日雪。家國恨，誰來滅。看而今疆土，竟還殘缺。今不剔剷東賊骨，豈能安撫先驅血。振雄師，平定小倭奴，明神闕。

壬辰中秋（仄韵格）

醉太平

桂宫杳杳，嬋娟皓皓。高燃紅燭瑞烟繞。願人間共好。

先傳月餅堪珍劭。藏密件、軍機報。征殺敵頑戍邊徼。更今當警效。

祭奠萱堂百年誕辰暨逝世二十周年

伴雲來

慈影依稀，慈顏若在，悼憶痛懷難釋。八秩辛勞，一生儉净，化育子孫文質。身憔心瘁，强諱病、默然由自。慨嘆殷殷大愛，言輕怎堪銘志。

靈前願天助祭。共乾坤、駕風隨侍。婺焕三元不老，百年輪值。鸞淑天涯咫尺。轉祀典、萱暉映高致。佑我薪傳，千秋永思。

聲聲慢　諧李清照變格韵

長天獨覓。冷月清輝，知誰也憫也戚。又是中秋時節，奈何心息。曾將孔燭試放，却恰逢、水深流急。揀落葉，數殘紅、歲事已過方識。　紙硯横斜堆積。情未老、霜花點圈輕摘。更戀雲山，腕下幻生白黑。潺潺小溪淌過，也隨緣、染加幾滴。這次第，换自個歡喜了得。

蝶戀花　立睿清泉新婚之賀

清韵泉聲琴瑟頌。葉茂枝榮，梧碧栖丹鳳。同道立而聰睿共。相輝競秀明堂棟。　地久天長江海迥。修業持家，化轉千斤重。協力齊心堪把控。鵬程萬里卿雲從。

壬辰冬至

訴衷情

長庚太乙靜中觀，化轉卦神壇。誰言世界終日，身外事，笑談間。

天我共，佐肴餐，酒杯寬。有朋同醉，抃舞長歌，世紀新元。

臘八

雙紅豆

天也寒，地也寒，恍恍寒林蛺蝶還，夢中栩栩然。

新曆年，舊曆年，新舊年間且賦閑，應時豆粥酸。

醉春風　**祭竈有感**

家列火城迎祭竈，豚酒嘉時淖。厨府訴何求，好事多言，下界平安保。

忽來嗟嘆綸闈效，却莫名天道。相左庶民心，妄冀靈神，難步清平調。

千秋歲　**癸巳春節**

嘉祥吉兆，龍尾搏蒼昊。開化宇，陽春報。和風拈柳細，晴雪吟梅俏。情如許，歲華不老追年少。

日暖蓬門早，冰釋雲章劭。隨律轉，乾坤調。螢囊回嚮執，雪案重光詔。新猷啓，考來彰往行天道。

雙調南歌子　寫滄桑

曲岸澄湖靜，疏窗柳綫長。畫堂綽約影扶墻。夜半偏生好夢，少年狂。

故事由真幻，春秋自暖涼。等閑走過却難忘。收拾殘縑剩墨，寫滄桑。

江城子　癸巳清明

清明時節倒寒春。雨紛紛，黯詩魂。思情別緒，境幻北邙村。傾筒易書今又再，聆素韵，祭天文。

聲聲慢　聞輝弟小恙有感

坎心艮節，淺黛濃陰，當時上苑初逢。幾度冬秋，霜凌雪壓從容。修成葉紺鱗紫，蔽高岑、化作英風。輕回首，看龍盤鸞倚，吟嘯長空。

堪嘆征程難已，也分明憶得，一曲飛鴻。滋味般般，最是茶淡情濃。攸宜素心舒體，且緩然、調劑塵紅。收亦放，續新篇，當在意中。

醉太平　源流久長

癸巳四月廿一日未時，余喜得孫女，取名以涵。小令自樂也。

奇香净堂，清音益彰。我家梧碧當窗，喜笙簫引凰。

彤雲振裳，金鱗吐祥。海涵酬以湯湯，自源流久長！

踏莎行　嚮天歌

素月升沉，孤雲來去。陰晴圓缺難窮數。浮生況味豈千般，酸甜苦辣何朝暮。　托夢新辭，忘情舊故。未成沉醉杯先住。且傾心曲嚮天歌，蒼天問我歸何處。

月當窗　癸巳七夕

乍逢又別，七夕憑何設。星路鵲橋幽暗，丹桂瘦、偏橫折。　管他天上節，權爲塵世臬。相嚮舊愁新思，詩酒共、平分月。

梅月圓　癸巳中秋

銀盤金餅歲時同，緩緩桂花風。秋色半分天作，人間會意尤濃。

光掀簾角，影移幔下，弦外交融。想得一輪圓滿，皓魄伴我禪翁。

如此江山　諧姜夔韵

退閑散淡空吟賦，無非兩三成語。梅雪相和，柳烟隔斷，難脱紅塵囂處。輕酬細訴，却世事無常，奈何機杼。左右憑看，夜凉何處覓端緒。

書窗忽敲暗雨，漫驚蝴蝶夢，宛若歌杵。玉磬三鳴，絲桐一曲，倚枕纏綿度數。移情笑與，問天上人間，幾多兒女。枉入辭篇，莫須論樂苦。

諧謝逸韵

千秋歲

階深苔砌，縈繞游絲細。十朔過，西風起。浮萍多半染，岸柳初消翠。巢落葉，寒林倦鳥相肩睡。宿志難憑寄，真意誰人說。冰鏡伴，雲箋裏。净香宜梵寓，蘭若何分袂。心如許，波平浪静龍湖水。

賀嫦娥三號登月成功

相見歡

嫦娥玉兔相從，展殊容。看我巨龍飛舞笑蒼穹。　寒宫缶，桂花酒，祭堯宗。共賀今宵圓夢地天通。

梅月圓　小苑幽深

西樓夜雪覆寒林，階石薄冰侵。換得塵霾滌盡，貪看小苑幽深。

書房硯冷，懶於文字，聊發空吟。偶或輕歌一曲，嘻吁見我初心。

相見歡　獨憑欄

時而鳳翥鵬摶，鎖龍淵。時若小溪輕淌注心泉。

幾回味，幾沉醉，是流連。托寄天倪吟緒獨憑欄。

有感習近平出訪歐洲演講

望海潮

歐洲欽訪，全球共震，連篇道義和光。平等互尊，求同置异，昭明國策高揚。長劍賴思匡。彼之且弗欲，何與人强？多彩文明，乃爲天下歲時望。　撫平百載創傷。看風搏四海，獅醒東方。强國富民，圖新弃舊，和衷共濟榮昌。祥瑞滿華堂。勵精中國夢，喬喬皇皇。識得千紅萬紫，天道是滄桑。

步韜棣韵　二首

生查子

其一

和聲指下柔，律應紅絲器。一曲動山川，天籟知音識。　絶弦撫故情，折柳循高義。遺愛聚仁風，但取清商吹。

其二

覓心有若無，掬水何需器。五葉一花開，花信隨緣識。

詞凝不世音，音采詞中義。曲就自安和，緩緩幽香吹。